本から生まれたエッセイの本

ふみサロエッセイ集

制作委員会／編

みらい PUBLISHING

第2章　親もいろいろ 子もいろいろ

第3章　つながりが教えてくれる

第4章　多様性の扉をあけて

はじめに

「ふみサロ」エッセイ制作編集委員　二期生　ｋｏｋｋｏ

「エッセイ書いて本を出版できるってすごい！」

　昨年ふみサロエッセイ集第一弾となる『24色のエッセイ』（みらいパブリッシング刊）が出版された時、そんなことを友人に言われたふみサロメンバーがいる。

　翌年にはエッセイ集第二弾が出版されることになるとはさらに驚きも増す。

　文章が上達するうえに本を出版できちゃう「ふみサロ」っていったいなんだ？

　そんな声が、メンバーじゃない人からはもちろん、ふみサロメンバー内からも出る。

　本が出版できちゃう文章塾「ふみサロ」の塾長は、元書籍編集者の城村典子先生。塾プロデューサーにベストセラー作家の後藤勇人先生を迎え、参加者は年齢・性別・職業・住んでいるところはもちろん、価値観も趣味もすべてバラバラという文章修行塾。毎月、城村先生からさまざまなジャンルの「課題本」が出される。その課題本から得たインスピレーションをもとに自分に絡めてエッセイを書き、月に一回オンラインにて参加メンバー同士で講評会をする。

この講評会では、提出された作品の良いところを見つけ伝えあう。もっとこうだったらいいかも、という文章に対するアドバイスはあったとしても、相手の価値観や考えは否定したり批判したりしない。だから安心して自分らしさ全開でのびのびとエッセイが書ける。

自分では手にしないような本が課題本として出されたり、自分では思いもしないような考えや想像もできないような体験が書かれたメンバーの作品に触れたりを繰り返す中で、書くこと、表現することが、それぞれのペースでどんどん上手くなっていく。そのうえ、こうして「本」という形になって、より多くの人に読んでもらえるなんて「物書き」としてこんなに嬉しくて楽しいことってあるだろうか。

そんじょそこらの文章塾とは、ひと味もふた味も違う「ふみサロ」。

ここに集う個性あふれるメンバーの共通項は「ふみサロ」をとことん楽しんでいる、というところ。このワールドにハマれば、ほら、あなたもきっとエッセイが書きたくなってくる。

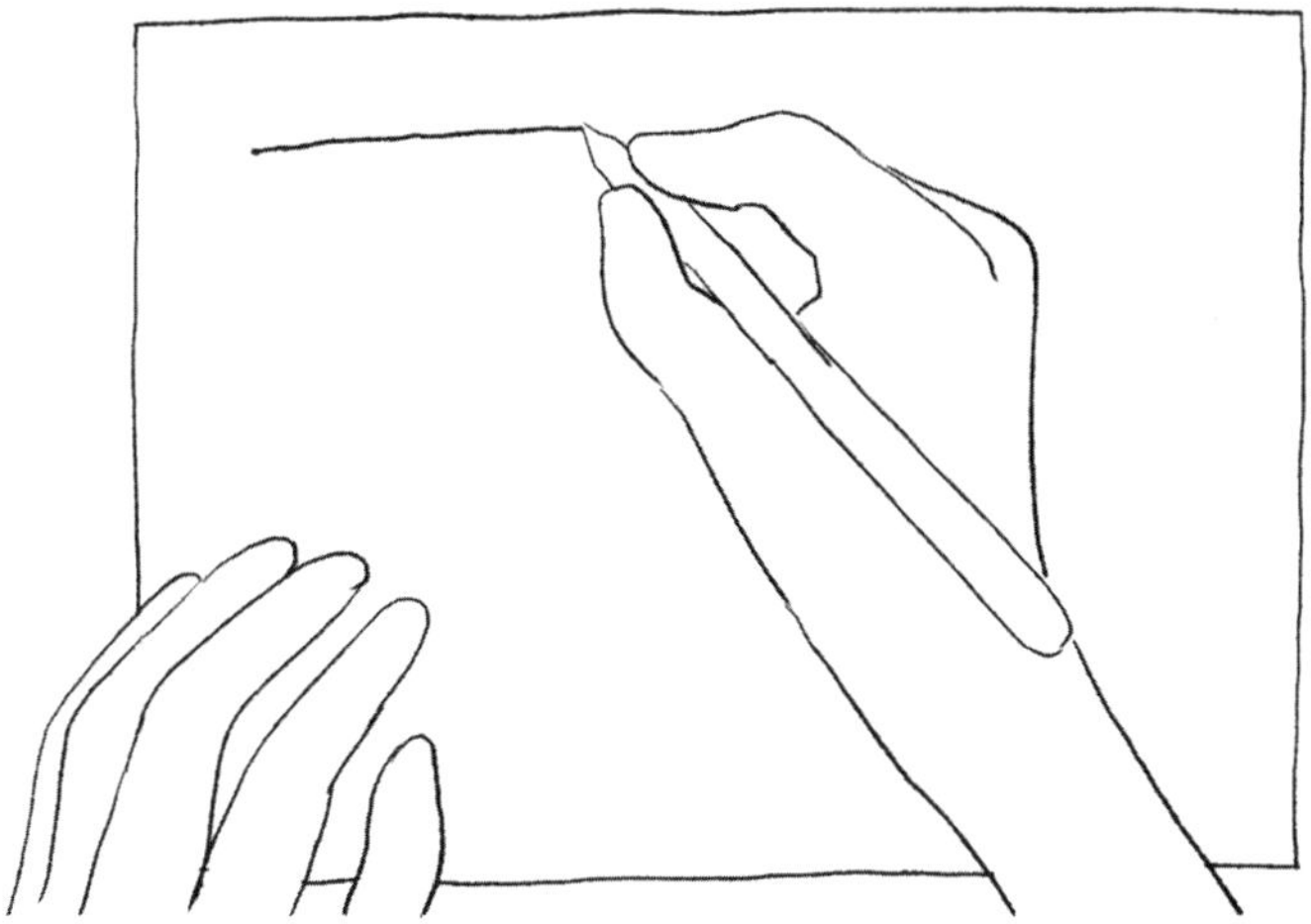

第1章

「あのころ」があるから今の私がある

あの頃、こんな本があったなら

小林みさき

あの頃とは、今から五十年も前のことだ。

全校生徒百名ほどの、田舎の小さな小学校の図書室は、普通教室よりも狭かった。本棚といえば壁面に子どもの背の高さぐらいのものがいくつか並んでいるだけだったが、一年生の私には、それがこの世にある本のすべてだった。

中学校も、全校生徒九十名ほどの小ささで、小学校より少しは広い図書室があったが、蔵書の数はめっきり少なく、立派な本棚はいつもすかすかだった。

中学生にもなると、街の図書館へ自由に行けるようになった。そこには、「子どもたちを黙らせる力」を持った図書館司書のお姉さんがいて、彼女の特殊能力のおかげで、そこは静かで落ち着いた「図書館」と呼ぶにふさわしい場所だった。

しかし、残念ながらそこにも中学生という中途半端な、遊園地の入場料の表にある「中人」のための書棚はなかった。

コバルト・ブックスなるものが登場したのはちょうどその頃で、私は、水を得た魚のように、新刊が追いつかない勢いで読みふけった。今思えば、それに人生を揺さぶられたことは一度もなかったが、本好きになるには役にたったようだ。

一日に二百冊が出版されるというのだから、私の人生六十年の間に出版された本は天文学的な数になる。世の中の本を全部読めるのじゃないかと勘違いした小学校の小さな図書室、読むべき本に出合えなかった中学校時代、背伸びをして渡辺淳一に塗りつぶされた高校時代。あの頃に、『13歳から分かる！ プロフェッショナルの条件』があったら、人生を揺さぶられていたに違いない。この一冊を持って、あの頃にタイムスリップできたら、もっと早く夢の扉が開けていたのだろうか。

私の親が、いくらでも本を買ってくれたように、私も

「お母さんは、本だけは買ってくれる」

と、すっかり社会人になった子どもたちに、いまだに思われているらしい。この場を借りて、子どもたちに伝えておこう。

「そうね、その我が家の子ども特権は、そろそろ、まごちゃんに譲ろうか」

怖がりさんのトリセツ

羽木桂子

私は幼い頃の出来事をわりと覚えているほうで、怖い思い出では三歳の時のお化け屋敷での記憶が最初である。父が私と六歳の兄を連れてお化け屋敷に入り、一歳だった弟は母と外で待っていたらしい。

真っ暗の中を進むと、ガラス張りの小部屋があり、中に血の付いた白い着物で、長い黒髪を垂らした女性が座っていて、恨めしそうにこちらを見ていたのをはっきり覚えている。その異様な雰囲気に幼かった私は大号泣。さらに恐ろしい事に、その女性はこちらに向かって歩いて近寄ってきた。「ギャーッ!」と、悲鳴を上げた後の記憶は途絶えている。

父の話によると、私があまりに激しく泣き叫んだので、幽霊役の女性は何かあったのだろうかと心配になったらしく、ガラス越しに「大丈夫ですか?」と、泣き叫ぶ私を抱き抱える父に聞いてきたそうである。けれども、本来そこに座っているはずの幽霊がこちらに歩いてきたので、周りのお客さんも見ているし、父も驚いたのと恥ずかしいのとで、私を抱きかかえたまま兄の手を引っ張り、逆走して入り口に戻ったそうだ。

本来それほどの「怖がりさん」だった私だが、成長するにつれ親もそんな話を忘れ、そもそも怖がりだとは思われていないフシすらある。ブラジルやケニアにツアー客を引き連れて添乗に行っていたとか、会社員を辞めて、娘と親子留学に行こうとしている話を知っている友人知人は、「色々と心配はしてるんだけど」と言っても「そもそもそういう人は、親子留学なんて、しようと思わないから」と続けるだけで、取り合ってもらえない。だからこそ、『怖がりさんほど成功する自宅起業』を読んで、「ちょっと、ちょっと！　怖がりさんでも起業するらしいよ！」と、ドヤ顔をしたい気持ちになった。

怖がりさんでも起業する。怖がりさんだからこそ、小さいステップで、石橋を叩きながら少しずつ前に進む。「怖がりな心」と「行動」のバランスをとりながら進むべし。そんな「怖がりさんのトリセツ」があれば心強い。そう考えて、今日も一歩進んでみよう。

もっとバリアフリーな施設作りを

河和旦

障がいがあっても、のんびり温泉に入りたい。そのように考えている障がい者は多いと思う。しかし、実際は宿泊施設や入浴施設のバリアフリー対応が十分でないために、旅行や入浴施設の利用を諦めてしまうケースがある。

私には重度の視覚障がいと肢体不自由という重複障がいがある。視覚障がいの程度は未熟児網膜症により右目は失明、左目にも重度の視力障がいと視野障がいがあり、文字の読み書きには点字を使っている。肢体不自由の程度は脳性麻痺による運動機能障がいにより、左手と左足が不自由である。そのため車椅子を利用し、介助者を同伴して外出している。

小学生時代は、学校の長期休みに盲学校に通っている幼なじみの家族同士で集まって、温泉旅行に行ったり、夏休みにプールに遊びに行ったりしていた。小学校低学年の頃は母親の介助で大浴場に入ることができていたが（親子とも女性用浴場を利用）、小学五年生頃になると、さすがに男性の障がい者を女性の浴場に入れて介助するのは難しいという話になった。ホテルの従業員に母たちが、「視覚障がいや肢体不自由の息子たちと泊まるのですが、息子たちが大浴場に入るときに、介助をお願いできませんか？」と交渉しても、「介護経験があるスタッフがおりませんので、万一息子様がけがをされた場合に責任がとれません」と言われ、介助を断られてしまった。

そこで、母子家庭の我が家のために、友人のお父さんに、わざわざ仕事を休んで旅行の介助に来てもらった。家族用に貸し切れない入浴施設では、障がい者と同性の介助者が確保できないと、このような困りごとが発生するのである。

現在は、バリアフリー化に力を注ぐ宿泊施設が少しずつ増えてきている。京王プラザホテル多摩に泊まった全盲の友人からは、「バスアメニティを触って区別できるようにシャンプーには輪ゴムを二本、コンディショナーには輪ゴムを一本、ボディソープには輪ゴムを付けないという風にしてくれたよ。ビュッフェスタイルの食事のときに、スタッフさんが料理の取り分けを手伝ってくれたので、スタッフさんには申し訳ないなと思いつつも、楽しく食事ができたよ」という話を聞いた。このような障がい者対応のサービスは、障がい者本人のためにも、介助者の負担を軽減させるためにも、もっとたくさん必要だと感じている。

空気のつたえる悪口

つるたえみこ

家の近くに、ちいさなちいさな雑貨の店があった。太ったおばあがいつも退屈そうに店番をしていた。素麺や煙草など、陳列台には少しの品物が並べられている。駄菓子屋でもない。戦後の物資のない沖縄の田舎だ。

四歳位の頃だ。私は遊び相手を探し、ふらふらと子どもが集まる場所へ歩いていた。そして何気にその店の前に立っていた。何か欲しいものがあったわけでもない。店のおばあは客のおばさんとお喋りしていた。

おばあはポツンと立っている私に気づいて「何か欲しいの？」と聞いたが、私は首を横に振っただけで、佇んでいた。おばあとおばさんは、お喋りの声をひそめて、ちらちらと私を見ながら話している。遊び相手もいないので私は仕方なく、とぼとぼと家に向かった。

あるとき、おばあが私を見ながら話していた姿が、瞬間、今までにもあった光景とつながった。自分を取り巻く圧縮された空気が、音となって意味を持った。

「この子が、〇〇（母の名前）の子よ」

「あら、結婚しないのに妊娠したと聞いたけど、この子なの……」

「そう、構わなくていいのよ」

そう言ったのだ、空気が伝えていた。

そうか、これまでも大人たちが、目配せしたり、口を噤んだりして、周りの空気が縮まる瞬間があった。そのときの違和感、居心地の悪さが、導線から電流のように流れ、つながった。そういうことか？　そういえば私には父親がいない！　と分かった瞬間だった。

昼下がりの雑貨屋の前に立っている私、生ぬるい風と空気、おしろい花が揺れていた。南の島の昼下がりを切り取った光景。


でも、世界は私に優しかった。祖父、祖母、おじちゃんも、おばちゃんもみんな温かった。可愛い母の手作りのワンピースを着て、周りは花がいつも咲いていて、自由に飛びまわっていた。世間の好奇の目にさらされていた一コマは、心の奥深くに沈んでいった。

家族に連れられて行ったモナ・リザ展

今村公俊

私が小学生の頃、家族に連れられてモナ・リザの絵を観に行ったことがある。それは約半世紀前の一九七四年、上野にある東京国立博物館で展示されていた。入口前には長蛇の列ができていて、何時間も待たされてようやく入場できた。中に入ってからも三列になって並行しながら牛歩のごとく進んでいき、やっと名画とのご対面となった。

さすがに小学生ではまだ絵に感銘を受けた、ということはなかった。しかも意外とこぢんまりとした絵であった。インターネットで調べてみたら、絵のサイズは七十七センチ×五十三センチということだ。ちなみにモナ・リザは一九一一年、ルーブル美術館から盗み出されているが、その時犯人はコートの下に隠して逃走したそうである。それくらい小さな絵だった。

高く掲げられたその小さな絵は、当時子どもだった自分にはインパクトに欠けているものだった。その二年前にはパンダが初めて日本にやってきて、上野動物園では二キロの長い行列ができるほどの一大フィーバーを巻き起こした。子どもから見たら、珍しいものを見物するという意味ではモナ・リザもパンダも変わりはなかった。もっとも私がパンダを初めて見るのはもっと先の話になるが。

すごい絵だと言われればすごいとは思うが、具体的に何がすごいのかは大人になった今でもよくわからない。当時、約一五〇万人がモナ・リザを観に訪れたという。絵を見て心からすごいと思った人は何人いたのだろうか。果たして私たちは絵それ自体を見ているのか、それとも有名画家の名前に納得しているだけなのか……。

子どもの頃大好きだった童話の本の表紙が、ゴッホの『アルルの跳ね橋』の絵だった。その時は誰の絵かも分からなかったが、成人になってからゴッホの絵だと知る。今、ゴッホの絵が好きなのは、その童話を何度も繰り返し読んでいるうちに、何度も目にした、誰が描いたかもわからないその絵が子ども心に印象に残っていたからかもしれない。絵が有名かどうかは二の次なのである。

悪口は言っていい。言ったほうがいい

朝日陽子

あれは二十代半ばごろのこと。出勤したらお腹が痛くて、でもじきに治まるだろうと思っていた。けれど、治まるどころか痛みはどんどんひどくなっていった。同僚に断って近くの内科へ行った。どんな検査をされたかは忘れたけれど、聞かれたことは覚えている。

「妊娠の可能性は？」

ないと答えると、妊娠の可能性がなければ子宮筋腫の疑いがあるので、すぐに大きな病院で診てもらったほうがいいと言われた。救急車手配するからすぐに！　と。

初めて救急車に乗った。後にも先にも人生でこれ一回だけ。頭上で、ピーポーピーポーというサイレン音がこれまた聞いたことのない大きな音で鳴っていた。

「あ～私、どうなっちゃうんだろう……」

痛みに苦しみながら、漠然とした不安でいっぱいになった。

一番近い大学病院でさまざまな検査を受けた。最初は歩けたので、検査のたびに歩いて移動。最後は歩けなくなり、車イスに座らされた。

「卵巣に腫瘍ができています。良性です」

と言われた。

「これって悪性だったらガンだったってこと⁉」

急に死が間近に感じられて、背筋が寒くなった。

まもなく母が来てくれた。母はポツリとひと言。

「ストレスがお腹の中に出たんじゃない？」

職場の人間関係で悩んでいた。そのストレスは限界になっていた。誰にも言えずにいた。

ちなみに母には悩んでいたことを一切話していない。母親って察しちゃうんだよね。

そのまま入院。点滴で痛みは治まった。翌日検査してもらったら、なんと一日で腫瘍が小さくなっていた。お医者さんもびっくりしていた。一泊で退院した。

半年後、経過観察で受診。

「腫瘍、どちらにあったって言われてました？」

とお医者さん。痕跡がまったくなくなっていた。一年後に受診してくださいと言われたがすっ飛ばしちゃった。

悪口やグチは言っていい。溜め込まないことが大事。そうしないとね、からだを壊しちゃうよ。こころとからだはつながっているからね。だけど相手と場所だけは間違えないようにね。私でよければ、いつでも聴くよ。

だいじだいじどーこだ？

小林みさき

今や還暦を迎えた私が小学生だった頃、まだまだ保健の教科書にも、性についてはさらりとしか取り上げられていなかった。

五年生のある日、取ってつけたかのように女子だけが教室に残され、男性の担任教師ではなく女性教師が現れ「生理」の話をした。まだ、田舎の小さな学校には、養護教諭はいないし、保健室すらなかった。私が受けた性教育は、後にも先にもその一回だけだった。

十八歳、進学のために家を出る私に母が言った一言が、「だいじだいじ」を強く意識させた。

「自分の行動には、自分で責任を取りなさい」

責任をとれないこと、つまりは自分を大切にできない行動はしないようにという教えだった。四十年経った今でも、その言葉の効き目は生きている。

娘たちの時代になると、学校でもきちんと性教育をしてくれ、改まって親がする必要もなくなり、ある意味ほっとした。ただ、性教育がきちんとされているから安心ということではない。

心も体も全部をひっくるめた自分の「だいじだいじ」は、自分は愛されているんだ、自分は必要とされてるんだ、自分はここにいていいんだと思える事から生まれるのだと思う。

私の両親は、私が小学校一年生の頃から別居生活だった。小学校一年生にして、私は「両親」と言う単語を自分の辞書から消した。「父」と「母」を、それ以来「両親」とひとまとめに考えたことはない。それは、二人が亡くなった今でも同じだ。ただし、「父」も「母」も十二分に私を愛してくれたから、私は「だいじだいじ」を大切にできたのだと思う。

そんな「父」と「母」も、今は同じお墓の中に二人きりだ。この先は、永遠に仲良くやってくれるだろう。

今年、女の子の孫が産まれた。母になった娘が嫁ぐ時に私にくれた手紙に
「ひとりの人間として育ててくれてありがとう」

と書かれていた。

母からの教えは、娘にも繋がり、孫娘にも「だいじだいじ」を必ず伝えてくれるに違いない。

盲学校から一般の高校に飛び立った私

河和旦

私には重度の視覚障がいと肢体不自由の重複障がいがある。視覚障がいの程度は未熟児網膜症により右目は失明、左目にも重度の視力障がいと視野障がいがあり、日常の文字の読み書きには点字を使用している。肢体不自由障がいの程度は脳性麻痺による運動機能障がいがあり、主に左手と左足が動かしづらく、外出時には車椅子を利用し介助者を同伴している。

そんな私は二歳で普通の保育園に入園した。小学校は盲学校で視覚障がいを補うための教育を受けつつ（点字や視覚障がい者用補助具の活用方法など）、地元の普通の小学校に通学し、障がい者と健常者が対等にコミュニケーションをとるためのスキルを習得した。中学は一般の学校で学んだ。そのまま一般の高校で学びたいという気持ちがあり、都立高校を受験したが不合格になり、すべり止めに受けた盲学校に入学が決まった。

私は一般の高校に受からなくても落ち込んでいなかった。むしろ「盲学校に入ったのなら、中学で落ちた点字の読み書き技術を上げ、大学受験できれいな答案を書けるようにする」という目標を掲げ、気持ちを切り替えていた。

ところがいざ盲学校に入学すると、点字の読み書きができない教員が多くいた。そこで母はＰＴＡの役員として東京都教育委員会に点字のできる教員を盲学校により多く配置してほしいと要望してくれた。

文部科学省の「特殊教育教諭免許状の保有状況」によると、平成十四年度の盲学校教諭免許状の保有率はろう学校や養護学校よりも低く二十八・一％だったという。東京都でも盲、ろう、肢体不自由養護学校のうちで盲学校教員の免許保有率が最も低く四十三・八％だった（東京都教育委員会（平成十五年）『これからの東京都の特別支援教育の在り方について（最終報告）』より）。この状況を改善してほしいと、母は他の生徒の親御さんと一緒に訴えてくれたのだが、それでも状況が改善される気配はなかった。

「お母さん、俺、一般の学校に入り直す」と私が話すと母は「あなたが望むならいいわよ。私も旦の言う通りだと思うから」と、あっさり承諾してくれた。その後、実際に私が再入学を希望する高校まで通学できるかのシミュレーションや、入学試験時の点字問題の申請（受験特別措置申請）、合格後の諸準備などのフォローをしてくれ、無事に盲学校から一般の高校に飛び立てた。

私の能力を信じて十か月で盲学校を自主退学して一般の高校に再入学することを認めてくれた母に、とても感謝している。

怖い絵

つるたえみこ

不思議なメルヘンの世界に紛れ込んだようだった。真っ暗闇の夜、その家だけ煌々と明るく、中では阿比久のおばあが白い着物を着流してくるくる踊っていた。髪はザンバラで肩まで垂らし、手には扇子を持ち、歌い踊っている。

幻想的だった。

五才位の頃、暗い夜道をおばあちゃんに手を引っ張られ、いつもと違う急ぎ足で走っていた。「どうしたの？　どこへ行くの？」と聞くと、「阿比久のおばあが、神ダーリしたようだ」「神ダーリって何」「……」返事もない。私は急ぎ足で引きずられていた。

阿比久のおばあの家には親戚の人たちが、たくさん集まっていた。みんな不安そうに阿比久のおばあの様子を見守っているようだ。

阿比久のおばあは、時折「はっはっは」と笑いながら扇子をひらひらさせ、楽しそうに歌い踊っている。阿比久のおばあは「ここを掘れ、宝が埋まっている」と米びつを指して叫ぶ。

「宝だ、掘るんだ」と言いながら。自分から米びつに手を突っ込みコメを明かりにかざしながら指の間からさらさらと落としていく。「ほらほら、宝だ、黄金だ」とコメを空中に巻きあげた。

うす灯りの中にきらきらと舞うコメと阿比久のおばあ。縁側から庭に飛び出したときは、皆立ち上がって追いかけようと身構えた。

「これ以上外に出したらいかん」と叫ぶおじい。

周りは、ハラハラしながら見ているだけ。密かに聞こえてきた話し声は
「これから、神様に使われるのね」「少し前から、変だった」

「やっぱり……ね」と小声で話している。

その後、阿比久のおばあは、押しも押されぬ行列のできるユタになった。

夢の中のような、綺麗な風景だった。

十年くらい後、阿比久のおばあに
「あの時のことを覚えているよ、ビックリした、何だったの?」と聞くと
「自分でも分からない。何かに強く動かされてどうすることもできなかった。それは神様だったの、今は神様の言葉で人を救えるようになったのよ」と言った。

芸大ロスという病

かもりちあき

私は今日まで三回芸大生でした。私が最後に卒業したのは京都芸術大学です。二十九歳で卒業してから十数年たった今でも私の心は芸大ロスです。

芸術大学そのものの魅力はそれなりにありますが、芸大生に特有の優越性や特権みたいなお話をここではしたいと思います。

そろそろ進路を決定しなさいと迫られる高校二年の十七歳たちは大学選びをはじめます。そんななかでも、芸大受験を決める生徒は、他とはどこか異質です。人より絵が上手いとか、楽器が演奏できるとか、あの子らは、学力だけではダメらしいと。芸大受験のプラカードは、人とはどこか違っていたい十七歳の自尊心をくすぐります。

芸大生の肩書きは時に人を無口にします。「大学はどこ?」と尋ねられ「芸大です」と答えたら人はもうそれ以上あまり詮索してきません。芸術大学は未知なる秘境。芸大生はある種ひとつのステータス。周囲が寄せる過度な干渉からは常にフリー。その特殊性と優越感はたびたび彼らを救います。

異物で排他な自分自身ををどこかに同化させたくてボヘミアンを探す人。それが「芸術大学生」です。心ゆくまでとことん自分カラーでいられる暮らし、それが彼らの欲しいもの。でも悲しいかなそんなものは実はこの世のどこにもなくて、芸大生の身にだって、やがて悲しき就職活動が……。自分自身がしっくり収まる容れ物を、健気に欲してここまできたのに、差異の魔法を解くようにと世間が彼らに迫ります。ああ、無念と諦念。普通と名のつく擦り合わせの人生に半ば強制リトライです。

いくつになっても人生のリトライの波に乗れなくて、私は芸大を三つ梯子しました。芸大生でいる限り、自分についいては説明無用の秘境で暮らす異物のままで通せます。芸大生の肩書きは私の隠れ蓑でした。でも結婚をして出産をして隠れ蓑を奪われて、私は「芸大ロス」になります。ステータスの喪失です。ああ、異物で排他な芸大生に戻りたい。

私の病は芸大ロスです。

それはつまりどこか人とは違っていたいと願う類の病です。

それは一生治らない私を鼓舞する奇跡みたいな病であるかもしれません。

人生で必要な事はすべて図書館留学から学んだ

横須賀しおん

人生で一度だけ小学校で廊下に立たされた事がある。小学校四年生の時だ……。当時、優等生だったはずの僕が、どうして廊下に立たされてしまったのか？

中卒の父と高卒の母に漁村で育てられた僕にとって、家庭で勉強が話題になる事は皆無だった。しかし、小学一年生から図書館で多読していた僕は幸運だった。図書館では、親の年収や学歴の影響を受ける事がまったくない。先生に当てられて、教科書を音読するのが大好きだった。小学三年生から偉人の伝記を読み始める事によって人生観が変わり始め、小学四年生で豊臣秀吉を読んでからは出世したいなぁ……などと考え始めるようになった。落語の本を読んで寿限無を覚えて、友達に長い名前の暗唱をして得意げになったりした事もあった。自分でもおもしろい話を書いてみたくなり、級友のふみちゃんが主人公のお笑い創作話を書いて、学校に持っていった事もあった。まったく悪気はなかったが、見事にふみちゃんからは嫌われてしまった。担任教師からも叱られ、バツとして両腕にバケツ水持って一時間、廊下に立たされてしまったのだ。少年はまだ恋を知らない。

中学一年生の時、ふみちゃんは両親の都合で引越しが決まり、突然、街から出て行く事になった。引越しの日、初めて僕は、ふみちゃんの家に行った。

「好きだったのかもしれない」

誰もいなくなった家。次の日から、ふみちゃんのいない学校生活がはじまった。

あれから四十年、今でも図書館留学の軌跡が懐かしく思い出される。図書館なら、例え貧しい家庭に育った子どもでも、誰でも平等に利用する事ができる。親の年収に関わりなく、本好きな子どもが一人でも多く図書館から成長していく姿を、僕は今でも祈り続けている。

経済的ハンディなら、本人の工夫次第で、いくらでも乗り越えていくことができる。しかし、青春の淡い想い出は取り戻すことができない。あの日、ふみちゃんを怒らせるのではなく笑わせることができたなら、僕は、どんなにか嬉しかったことだろう。図書館で学べるのは勉強だけとは限らない。初めての恋を学んだ場所でさえ、僕にとっては図書館だったのかもしれない。

鉄道の音と私

河和旦

私にとっての「夏の音」といえば、小学生時代、夏休みの家族旅行で乗った電車の音である。特に私にとって「音」は特別な意味がある。

私には視覚障がいと肢体不自由の重複障がいがある。視覚障がいの程度は未熟児網膜症により右目は失明、左目にも重度の視力障がいと視野障がいがある。

私は物心ついた頃から「鉄道オタク」だった。なかでも、「音鉄（おとてつ）」と呼ばれる、電車の走行音を聴いて楽しむオタクである。少なくとも幼稚園生の頃、盲学校に通い始めた頃から電車の走行音（モーター音）が車種ごとに違うことに気づいて、まだコンコースにいるのにホームに入ってきた電車の音を聴いて車両形式を言い当てたり、どこ駅の何番線の発車ベルはどんな音だったかを覚えることができていたほどのオタク少年だった。ちなみに大人になった今でも、鉄道オタクである。

そんな私の夏休みの楽しみと言えば、「旅行に行くとき、どんな電車に乗れるのか」だった。母は、旅行のたびに毎回私にポータブル・テープレコーダーとカセットテープを持たせてくれた。それをよいことに、テープレコーダーで電車内やホームの音をひたすら録音し、後から録音した電車の音を聴きまくって楽しんでいた。

ここまでどっぷりと音鉄になったのは、なぜだろうか。その理由は、私が視覚情報を使えないというハンディを補うために、聴覚情報を頼りにして行動しているからだと考える。そして、小学生時代は盲学校に通うために電車通学をしていた私が、なぜ通学時の電車の音ではなく、夏休みの旅行先で乗る電車の音を聴いて楽しんでいたのだろうか。単純に、いつも聴けない電車の走行音が聴けて嬉しかったからだと思う。特に有料の特急電車はめったに乗らないので、

「ご乗車の際は、普通乗車券の他に特急券が必要です」

などの案内放送が、いつもとは違う特別な空間にいるような雰囲気を醸し出しているように感じたのかもしれない。

私は、この本（『なつのおと　みつけた』）に登場する電車で旅行しているシーンから、自分が幼い頃どのように音と向き合っていたのかを考えるきっかけを見つけられた。

無能力主義の光

梅田とも

小学二年生の冬休み。宿泊したホテルの大浴場の暖簾をくぐると、一面に脱ぎ捨てられたホテルのスリッパ。われわれもスリッパを脱いで上がろうとすると、母方の祖母が言った。「ほら、ここにスリッパを入れなさい」

よく見ると、ガラ空きのスリッパの棚がある。私は脱いだスリッパを、棚にきちんと並べて入っていった。

それを見ていた父方の祖母が笑って言った。「そんなこと、しなくていいのに」

温泉に浸かって、ふたたびスリッパの並ぶ暖簾の前に来たときだ。孫の私は、火花が散るのを見た。

二人の祖母が同時に言った。「ほら、あなたのスリッパはここよ」「みんな同じスリッパなんだから、どれでも履いていけばいいのよ」

私は、両者に挟まれて途方に暮れた。緊迫した数秒間が過ぎた。

その後、スリッパを履いて部屋へ戻る私の背中に、母方の祖母が呟いた。「他人のスリッパを履いていくなんて……」

この場合、どうするのが正しかったのだろう？

政治哲学者サンデルは、[1]正義に関して中立的な理論はないという。「正義にはどうしても判断がかかわってくる。……正義の問題は、名誉や美徳、誇りや承認について対立するさまざまな概念と密接に関係している。正義は……ものごとを評価する正しい方法にもかかわるのだ」

孫娘が気にしたのは、両方の祖母の主張の正しさより、二人の祖母との関係性だった。入るときは、母方の祖母の言うことを聞いた。出るときは、父方の祖母の言うことを聞いてあげるべきだ。両者の言い分を等しく実行することによって、どちらの祖母も等しく愛していることを伝えようとしたのだ。

サンデルによれば、能力主義は社会の分断を招いた。だが、成功は、自分の実力によるのではなく、「たまたま、自分の強みを高く評価してくれる社会に生きている」[2]からにすぎない。他者があっての能力だからこそ、お互いを、等しく愛されるべき存在として尊重しあうところに、正義が実現される。無能力主義の光である。

1　マイケル・サンデル（鬼澤忍訳）『これからの「正義」の話をしよう　いまを生き延びるための哲学』（早川書房、二〇一〇年）三三六ページ

2　マイケル・サンデル、前掲書、二三一ページ

光と闇は表裏一体

kokko

闇に魅力を感じる。子どもの頃から。

天真爛漫な子じゃなかった。
笑うことが苦手だった。いや、苦手という意識すらなかった。
暗い、根暗だと言われていじめられた。
魚の死んだような目をしていると、親に言われた。
余計に闇の魅力に取り憑かれた。

図工の授業で絵を完成させることのできない子だった。
それがある時初めて一枚の絵を描き上げ、絵具で塗り上げ提出することができた。初めて描き上げ提出できたことの達成感。褒められると思った。しかし……こんなに暗い色使いの暗い絵を描くのは、心に問題があるんじゃないか。性格に問題があるんじゃないか。大人にそう指摘された。

西洋絵画に触れ、中でもリアルな中世ヨーロッパの「怖い絵」に心惹かれ、魂を持っていかれそうになるほどの魅力を初めて感じたのはいくつの時だっただろう？

これは、隠すべき感情なのか。大人たちが言うように病んでいるのか。心の奥底に闇をたくさん抱えた子ども時代だった。誰にもバレないように……なにを？　心に抱える闇を？　いや、違う。その内側に溜め込んでいる核エネルギーのような激情を。

怖い絵と怖いストーリーは、私の中の奥深くに渦巻いていたドロドロとしたものを表に出し、解放していくことを助けてくれた。

怖い絵が好き。怖いストーリーも好き。闇に心惹かれるところがある。そんな自分を真正面から認めて隠さなくなった頃から、笑うことが得意になった。あなたの明るさに救われたと言われるようになった。

光と闇は表裏一体。闇が深ければ深いほど、光は強く輝く。

闇は私の光を支えている。

【コラム】エッセイを書くと見えてくる景色

「ふみサロ」で月に一回エッセイを書くようになり、「こんなに色々な事を覚えていたのか」と驚いた。「なに書こう？」と考えていると、幼い頃の思い出や、もはや現世では会う事が叶わない故人やペットと過ごした時間、失敗などさまざまな記憶がふわりと目の前に降り立つ。それを書き留めなければという思いに駆られて書いたものが、エッセイとなって姿を現す。まるで、気がつかないうちに内面に留まっていた想いが紐解かれて、青い空に向かってカラフルな風船を飛ばしているような感覚を味わう。

住む場所も年齢も違う人々が、月に一度「ふみサロ」に集いエッセイを講評しあう。書き方はそれぞれだろうけど、エッセイには書き手の本音や歴史などが自然と映し出されてしまう。知らずと自己開示してしまうのだ。

エッセイを通して見えてくるそんな情景に、共感したり驚いたり。その奥深さに魅了されるからこそ、またエッセイを書いてしまうのかもしれない。

（羽木）

第2章
親もいろいろ子もいろいろ

吉田家の食卓

吉田真理子

我が家は、娘一人と息子が二人。娘は大学からひとりで暮らし始め、近年、小学校の先生になった。何も出来ない、した事がないまま生活を始めたが、在学中に出会ったものすごいキッチリ！　した彼氏のおかげで、多少なりとも料理らしきことは習得した。別の彼氏が出来た今、「私は家では作らない」と多忙を理由にやらない選択をした。出来るようになった上での「やらない」ならよかろう。もう成人だし、外食、持ち帰りも出来る収入があるということで放置している。

現在同居の長男、次男はというと、一緒に食べる時は、必ず手伝わせる。「働かざる者食うべからず」が我が家の家訓（笑）。とりあえず作るのは私がやるが、皿出せ箸出せ、ご飯つげ。やらないなら、食べるな。である。

長男は小学校の頃、卵焼きを作るのにハマっていたが、今はまったく調理せず、米を研ぐ、炊くがもっぱらの役目。それでもやってくれるなら猫の手よりはありがたい。

次男は、小学校六年生辺りから包丁研ぎにハマり、やがて魚をさばくことに進化。自分の出刃包丁（左利きなので、わざわざ夫がかっぱ橋まで買いに行った）を誕生日に貰い、最近はナントカという青いレアもの包丁（シリアルナンバー入り！）を自分で買い、たまに魚を丸一匹買って来て、何やら仕込んでいる。魚に関して私はまったく……なので、これもありがたい。

そもそも、私が料理は得意ではなく、夜ごはんだけなんとか「仕方なく作っている」スタンスなのである。お弁当作りも、娘が中学の辺りで挫折。現在に至るまで、子ども達のお弁当はおばあちゃん（私の母）担当である。ゆえに、何回も作文で「お弁当をたまには作ってください」「いつもお弁当を作ってくれてありがとう、おばあちゃん」と書かれる始末。一度だけ、キャラ弁をリクエストされ、頑張ってはみたものの、無残な事態に陥り「ママに頼んだ俺たちが悪かった」と反省されたテイタラク。

それでも、ヘロヘロになりながら仕事に行き、塾の送り迎え、さらに夫（よほどのことがない限り、何にもしない。買い物でお金を出すことですべて完了と思っている）の迎えなどに振り回されている私を見てか、ほか弁、すき家、なか卯、松のやなどテイクアウトで買ってくる日も混じえつつ、失敗してバラバラになった餃子を「またかよ、学習しろよ」と言いながら、平らげる息子たち。時には、魚をさばき、野菜を切り、エビを剥いてくれ、グレることも無く、いつの間にか私より大きくなって「ちっちぇなあ」と頭をポンポン叩いて来る息子たち。何を食べたのか、しっかり育っている吉田家は、とりあえず平和なのである。

お祖父ちゃんへまっしぐらも、性教育の通過点？

阿部勇二

娘は、同性の友達を作るのが下手です。だから、男友達が多いのかもしれません。同性の友達が少ない親の血を引き継いでしまったからか、それとも、本能に正直なのか。飲み屋でバイトをしていた時、男性とのトークテクニックでも手に入れたのか？　娘を持つ父親にとっては、早々に娘に子どもができたらどうしようとさえ考えてしまいます。

スイスやフランス語圏の国では、三～六歳児から、性教育を行うそうです。日本の性教育と違いすぎて驚きます。フランスでは、学校の保健室で、性行為から七十二時間以内に服用すれば、妊娠を防げる「緊急避妊薬（＝アフターピル）」を配布してくれます。日本はどうだろう？　自分の記憶をたどると、命を育む方向の性教育は、確かに学びました。でも、それ以外についてとくに学んだことがありません。そのため、各自の関心によって左右されてしまう気がします。

最近、性教育関係のＨＩＶ／ＡＩＤＳの正しい知識を学べる「エデュケーション・リーダー・キャンペーン」を見かけました。無料で五十問テストに挑戦して合格すると、ラジオ局のＦＭ８０２と大阪市から、ＡＩＤＳ知識があることを証明する「ＥＤＬ認定バッジ」がもらえるものです。正直、今さらという気がしますが、日本の文化に新しい発想が芽生えているように感じます。

学生の頃、友人の彼女がアメリカからの留学生でした。

「ちゃんと、避妊具を持ってたんやで」

と友人が興奮気味に彼女との馴れ初めを話してくれたことを思い出します。その時は、アメリカとの文化の違いとしか思いませんでしたが、今考えると、意識や知識の高さの違いだとわかります。

私は、自分が大学時代の二十四時間を自由に生活していたので、娘の大学生活にも自由を与えることを選びました。当然、娘は大学生活を謳歌して、毎日、家に帰ってきませんでした。その娘は、今、東京で一人暮らしをしているので、どうしているのか心配ですが、信じることが大切だとも思います。

でも、心のどこかで、お祖父ちゃんになる日が近いと感じている今日この頃です。（笑）

かたまりにできる時間

梅田とも

「ママ、おきて！」朝、四歳の息子がわたしを起こしに来る。なかなか起きようとしないわたしに、「ママ、なんじにおきるの？」「うーん……六時。」すぐに、彼は、目覚まし時計を手にふたたびやってきた。「ほら、もう、ろくじだよ。だから、お・き・て！」「……」よく見ると、長針が六を指している。息子が、時計の針を自分でくるくる回したらしい。かくも時間を意のままに動かせるとは。

ドイツの哲学者ハイデガーはこう述べている。

> 時計使用の実存論的・時間的意味は、移動する指針を現成化することだと立証される。指針の位置を現成化しつつ追跡することは数えることなのである。[1]

通俗的には、わたしたちは時間を「今」の連続だと解釈している。将来の死の可能性を日常的に意識することはなく、未来は漠然とした期待であり、過去は忘却の彼方へと過ぎ去ってゆき、現在が前に現れている。その無限の今の連続である「今・時間」は、公共化されて、時間計算と時間測定の必要から「時計」が生み出される。その針の動きとともに、不断に現在に成立してゆく「今」を、わたしたちは「数えて」いるのだという。

このように、時間を事物的にとらえてしまえれば、さらにそれらをくっつけるなんてこともできてしまうようだ。

先日、ピーター・ドラッカーの入門書を読んだ。そこでは、時間を資源と捉えて、時間をコントロールする方法が書かれていた。それによると、行動を細かく記録し、無駄な活動を洗い出すのだという。無駄な活動を取り除いたら、その空いた時間を寄せ集めて、大きな塊にして、まとまった時間を作るのだそうだ。

時間を塊にするとは。まさしく、時間を数えることの功名である。

とはいえ、数え方にはルールがある。息子にくるくると回された目覚まし時計は、図らずももはや「今」を数えられなくなってしまった。

1　ハイデガー（原佑・渡邊二郎訳）『存在と時間III』（中央公論新社、二〇〇三年）二七一ページ

大人になるあなたへ、いつか伝えたい話

羽木桂子

娘が四歳の頃、久しぶりにＤＶＤプレーヤーを使おうとしたら、「ＳＡＴＣ」（SEX AND THE CITY）が入っていて、驚いた。ＳＡＴＣはニューヨークが舞台の海外ドラマで、その映画版である。当時ＤＶＤを観ていたのは四歳の娘くらいで、選ぶのもまだ「アンパンマン」や「プリキュア」とかそんな感じである。夫も知らないという。「でも私も見てないし……」と話していて、思い出した。

数週間前、娘が保育園でアデノウィルスをもらってしまい、本人は元気でも、土日含め五日間登園禁止になった。いつもなら母が来てくれるがあいにく旅行中で、平日三日間、私と夫が交代で休むとして、あと一日はどうしよう、と考えていたら、父が一日くらいなら何とか子守出来るからと来てくれる事になった。その日は昼食やおやつ、娘が好きな本やＤＶＤ、オモチャなどを取り揃え、父に娘を託して出勤した。気になったが、二人で楽しく過ごしたそうで、無事任務を果たした父は帰っていった。

まさか、その時に観たんじゃないよね……。でもそんな事あり得ない。娘本人に聞い

たところ「一緒に見たよ」「Oh, my goodness …!」父に電話したら、「アメリカのやつ？参ったよ～。アンパンマンにしない？ って言っても、いつもママと一緒に観てるからこれがいいって、言い張ってね」「えー！ いや、一緒になんか見てないし！」「そうだろうなぁ。あれは親子で観ないだろうと思ったけど、そう言ってたぞ」父も言いづらくて黙っていたらしい。

そのSATCの映画は公開当時、シリーズの中でもかなり過激と言われ、私の友人は「過激って言うかさ、もう、まんまだよね。隠す気ナシ」と言っていたくらい。そんなDVDを、娘はおじいちゃんと一緒に観てしまったらしい。

「なんでそんなの観ようって言ったのかなぁ」と母と話していたら「ちょっと大人ぶってみたかったんじゃないの？」と笑っていた。大人ぶる……。四歳の子が？ 娘なりに、私だってこんな大人な映画を観れちゃうのよ、って主張したかったのだろうか？

今十二歳の娘は、大人ぶらなくたって、あと数年で大人になるよね。娘が「SATC」を理解出来る年齢になったら、この時の話をしてあげよう。でも、それって何歳なんだろう？

高校受験は恋愛のようだ。僕はあの高校に恋してるみたい

kokko

中学三年生の春、私が勧めた高校を受験するつもりだった我が家の次男。勉強嫌いで高校は行きたくないと言っていたのが中一の冬。話し合い、彼の性格を考えたうえで受験校を決めたのが中二の時。それが突然、自分でちゃんと考えて探したいと言い出し、それならそのほうが断然いいとあれこれ違う学校も見て検討した。その中で中学校から持って帰ってきた進学関係の一枚のチラシが、彼の未来を大きく動かした。

【地域みらい留学――公立高校における、もう一つの選択肢】

住む場所を変えることで、出会う人が変わる。学ぶ場所を変えると世界が新しくなる。海外に行くだけが留学じゃない。都道府県の枠を越えて地域の学校に入学する。北海道から沖縄まで日本の各地域にある全国区で募集している公立高校との出会いの場。ここで、次男にとって運命的な高校と出会ったあの日の会話は忘れられない。

「高校受験は恋愛のようだ。僕はあの高校に恋してるみたい。まだよく知りもしないのに」

恋をした⁉

「片想いを実らせるためには、相手をよく知って好きな相手に選ばれる自分になるよう

努力が必要。高校受験もそれと同じかもしれない。誰もが良いと言っている格好良い男の子、可愛い子が、自分にとって良いかどうかはわからない。人の意見で恋人を選ぶのではなくて、きちんと自分が選んで決めなきゃね。自分が相手を好きになって、お付き合いしたいから努力する。それと受験勉強も一緒だよね！」

高校受験と恋愛が一緒とは！　衝撃だった。

数年前のあの夏、家から八時間以上かけて一緒に見学に行った農業高校。志望校をその高校ひとつに絞って他は受けないと決めた彼。あんなに勉強嫌いだったのに、やる気を出して無事に合格した。入学式では新入生代表挨拶に選ばれた。

入学して最初の三者面談の時、

「昨年夏の高校見学時のキミを見て、ああ、こういう子にうちの学校は来て欲しい。そう思ったんだよ」

担任の先生にそう言ってもらっていた。両想いだったんだね。恋が実ってよかった。

夏休み冬休み……帰ってくるたびに逞しくなる姿が眩しいよ。

同じように育てたつもりでも……

朝日陽子

我が家の二十代の姉妹は年子でとても仲がよく、お互い悩みを相談したり、夢を語り合ったりしている。

先日、長女が、今の仕事を辞めて東京へ行きたいと言い出した。東京で挑戦したいことがあると言って。

私に話す前に次女に話していたようだ。私自身がこの歳になってもしたいことをしているし、長女の挑戦をとやかく言うつもりはまったくなかった。次女にも

「ママは絶対に反対しないよ！」

と言われたそうだが、長女は私が反対すると思っていたようで、なかなか打ち明けられずにいたらしい。やっと勇気を振り絞って打ち明けてくれた。話しているうちに涙声になっていった。

「ママは私にとって怖い存在」と言われた。

確かに子どもたちが小学生ぐらいまで、私は瞬間湯沸かし器と言われるぐらい、とても短気だった。でもある時から、怒っても状況はよくなるどころか悪くなる一方であることに気づき、それから怒ることはなくなっていった。

それでも長女にとって、私はいまだに怖い存在だった。次女にも私は怖いか聞いてみた。

「昔は怖かったけれど、今は平気」

と返ってきた。

同じように育てたつもりだった。けれど長女と次女で受け止め方は違っていた。きっと子どもなりに長女は長女の〝役割〟を必死に果たそうとしていたのだろうと思うと、申し訳ない気持ちでいっぱいになった。

長女にはやりたいことをとことんまで挑戦してほしい、と思う一方で、やはり生活できるのか、体を壊すことはないか、など要らぬ心配をしてしまう。

「課題の分離」というアドラー心理学の考えがある。

長女の挑戦は長女の課題であり、私にはどうすることもできない。「課題の分離だ」と言い聞かせてみても、やはり気になってしまうのが親の性。しかし三年前、次女を横浜に送り出した時よりも実は心配してしまっている私がいる。

長女が次女と扱いが違うと感じていたように、私自身、長女と次女、同じように育てたつもりでも、実際はそうではなかった証なのかもしれない。

結果にフォーカスって、まるで会社です！

阿部勇二

子どもの成長を見守るって、大変です！

私は、子どもが何かの取り組みをする時、出来る出来ないで、どこかの誰かと比べてしまっていました。親として、最低だったと思います。子ども自身が楽しんで、すくすく育つ環境を親が壊していたかもしれません。

子どもと自転車の練習をしていた時、教えたことを理解してもらえなくて、苦労したことがあります。今、振り返ってみると、子ども自身は、一生懸命練習を頑張っていたと思います。それなのに、子どもがどうして自転車の練習をしたかったのかということを考えていなかったと反省します。自転車の練習で、親との時間を楽しんだり、家族みんなで自転車で遠くへ行ったりしたかったのかもしれません。そう思うと、自分の未熟さで、心が苦しくなります。

職場でも、会社のノルマに支配されると、結果を求められ、仕事を楽しむことが出来なくなります。若手を育てた時、彼らに「上手に教えてくれたら、私たちは出来る」と言われたことがあります。私からすれば、言った通りにしてくれれば簡単に出来ると思っていました。与えられた時間で勝負しないといけないので、仕方がなかった面もありますが、残念な行動です。今、冷静に考えるとその若手は、「楽しく」自己承認欲求を満たして欲しかったのかもしれません。お金や時間などで生活は豊かになりましたが、大切なものをどこかに忘れてきてしまったと感じます。子どもだけでなく、若者も結果にフォーカスすることに辟易しているのでしょう。私は、子育ての基本は、「共感」だと思って頑張りましたが、実際は結果にフォーカスしていたようです。

そんなことを振り返っていたら、次女が自動車免許を取りに行く相談をしてくれました。娘が、新しいスキルを手に入れようとする姿を見ると、逞しくなったと思うと同時に、遠くに行ったようで寂しくてたまりません。娘が親に頼ることは、あと少ししかないかもしれませんが、それまでは頑張っていきたいです。

私は、車好きなので、操作が楽しいミッションの車しか乗りません。長女は、一昨年、ミッションの運転免許を取りました。次女も、ミッションの免許を取ろうとしてくれているのを見ると、親である私を認めてくれているようで、少し嬉しくなりました。共感があったのかもしれません。

息子と入れ歯

梅田とも

「じいじ〜」四歳になる息子は、祖父のやることなすことに興味津々。祖父の後にくっついてばかりいた。

じいじが庭でチェーンソーを始めれば、自分も適当な形の木片を手に、「ぶんぶんぶーーーん」と薪を切るマネ。じいじがタイヤ交換を始めれば、自分も車を持ち上げたいと、ジャッキの棒を離さない（おかげで仕事が進まない）。じいじが晩酌を始める頃には、自分も一緒になっておつまみを拝借……というような具合だ。

そんなある日。歯磨きをしようとしたときのこと。息子が鏡の前で両頬を引っ張って、「イ〜」とやっている。なかなか歯ブラシを手にしようとしない。私が、「一体、何をやっているの？」と尋ねると、彼は真面目な顔でこう答えたのだった……「ママ、じいじみたいに、歯をとって」

歯はとれません！

入れ歯をパカっと外して、歯磨きをしている祖父を見て、彼は驚くどころか「歯って、とれるんだ！　これは楽ちんだ！」……こう思ったに違いない。息子の辞書の中に、入れ歯という言葉はなかったのだ。

これは、よく考えてみたら、不思議なことだ。入れ歯はどこに存在するのか？ 祖父の口からパカっと外れた人工的な歯。これは息子にとって、歯でこそあるが、入れ歯ではなかった。たとえ、目で見て触れられたとしても、そこに入れ歯は存在していなかったのだ。

他方、祖父にとって、口から外したそれは、まぎれもなく入れ歯だ。それは抜け落ちてしまった自らの歯の代わりに、口にはめて使うものだ。

つまり、入れ歯とは、その人工的な物体の機能を認識している意識の中にしか存在していない、ということになる。存在は認識のなかにある。

普段、私たちは、現にここにあるものが、ない、とは決して思わない。けれども、それはどこまでも、ここにあると「思っている」のであって、この「思っている」が、どうも曲者のようなのだ……認識の異なる四歳児の言葉に、はっとしたのだった。

或る男の後悔

瓶子かずみ

私は妻と三人の子どもを持つ何の取り柄もない男だ。

子どもたちも今では立派な大人になり実家を離れ、私は妻と二人で静かに暮らしている。そんな私にも悩みはある。

昔の悪習慣がたたり、上の歯はすべて無くなり総入れ歯で、下の歯もほぼ部分入れ歯で自分の歯は数本しかないため硬い物はほぼ食べられない。子ども達の歯は丈夫で自分に似ていなくて嬉しく思う。しかし長女には申し訳ない事をしてしまった。

あれは娘が小学三年生の頃だ。彼女が寮の友達と遊んでいる時、石でできた滑り台に顔面をぶつけてしまい右前歯が半分欠けてしまった。

大事な一人娘だ。できる限り良い治療をと思い、同僚に良い歯科医がいないか尋ねた。

そして、皆一同に良いという歯科医院に娘を連れて行った。

早速病院に行き、先生の診察結果では、欠けた歯を芯にして差し歯をつけなければならないと言われた。差し歯は五十万くらいしたが「その差し歯にすれば永遠に差し歯を交換しなくて済む」というので先生の提示した治療でお願いした。娘は「病院いやっ‼」と泣いていたが私は心を鬼にして通院させた。

そして娘が五年生になったと同時に家を購入し引越しすることになった。

ここからだ。私の後悔が始まったのは。

それは妻の一言から始まった。

「昨日娘の友達が家に遊びに来たの。ちゃんとした前歯かと思ったらあの子と同じ前歯が半分折れた跡があることに気づいて、その子のお母さんにどんな治療したか聞いたの。欠けた部分だけをつけたらしいわ。保険の範囲内で済んだそうよ」

私は脳天を鈍器のようなもので殴られた衝撃を受けた。さらに追い打ちをかける出来事が起きた。それは娘が中学生になり部活から帰ってきた時、彼女が私にある物を見せてくれた。それは五十万円以上した差し歯だった。

「父さん。差し歯が取れた」

しかも、芯に使われた本当の歯のなんと無残なことか!! 今すぐその医師を見つけて殴りつけてやりたい衝動にかられた。娘は私を責めるどころか「ごめんね、お金大丈夫?」と私を心配してくれるところがこの子らしいと同時に自分の心に抜けない棘を植え付けた。

お味噌汁と台所

真恵原佳子

かれこれ十年以上、味噌を手作りしている。

初めて味噌作りを体験したのは、たまたまフィリピンにいた頃だった。マニラの日本人会婦人部主催の教室で、「子連れでもどうぞ」という案内に背中を押され、まだ歩き始めたばかりの息子を連れて参加した。会場は現地に長く住んでいる方のキッチンで、とにかく広かった。南国の眩しい光がフローリングの床に差し込み、大きな窓と観葉植物のある室内は開放的で、ときどき南風が白いカーテンを揺らしていた。小さな子どもたちが走り回っていた。そのお宅の方が日本から持参されたという木製の手押し車のカタカタが気に入った息子は、当時の彼の最高速度で駆け回っていた。満面の笑顔で！　私は他のお母さん方と味噌の仕込みに熱中した。南国でも味噌が作れること、異国の地で日本の伝統食品を伝えているお母さんたちがいることを知った。

帰国してから、味噌作りは我が家の冬の恒例となった。毎年の仕込み作業を、今では中学生になった息子が文句を言いながらも手伝ってくれている。

お味噌汁が好きで、毎日欠かさず作っている。数年前に入院し、具なしのお味噌汁が飲めるようになった時、その最初の一口が本当においしくて、体の底から生命の力が湧いてくるように感じた。「退院後は毎日お味噌汁を作る」と病院のベッドの上で誓ったのだ。

独身時代に会社員をしていた頃は、実家の母が毎朝お味噌汁を作ってくれていた。具沢山で半熟卵がとろ〜りアツアツのお味噌汁が定番だった。朝は暗いうちから出社し終電で帰る生活をしていたが、病気もしないで仕事が続けられたのは母のお味噌汁のおかげだったかもしれない。二〇一一年を機に食材に気を遣うようになったが、「味噌を食べて原爆症にならなかった長崎の医師の話」を知り、味噌への思いが深まった。

現在引きこもり進行形の息子だが、私が食事の支度を始めるとその時だけは声をかけてくる。何かいい匂いがし始めるのか、作っている本人には分からないけれどもそのタイミングだ。ふと、「キッチン」というより私は「台所」かなぁと思った。そういえば祖母が生きていた頃には「お勝手」と呼んでいた記憶もある。不意に、日本人はいつから「キッチン」と外来語で言うようになったのかな、と思った。いつの間にか自分達の言葉を外国から来た言葉に置き換えてしまった。言葉だけでなく、食べ物も着る物も考え方も……。

そんなことを考えながら夕食の支度を始めると、やはり息子の大きな声がした。

「今日の晩ご飯、なにー？」

親がなきゃ、子どもはもっと……

kokko

親がなきゃ、子供は、もっと、立派に育つよ。[1]
どれだけの親が、子どもの人生の足を引っ張っているのだろう。
そんなことをカウンセラーになってこの十年……いや、十三歳のあの日から？　考えなかった時はない。
親がいなければ、親からヘンな呪いの言葉をかけられることもない。親の顔色をうかがって、親の期待に応えようと自分の本音を押し殺し、自分の本心がわからなくなる。そんな悲しい子どもが減るかもしれない。

小学二年の頃、『家なき子』[2]という本を読んだ。

どうして自分は、もらわれっ子でも拾われた子でもないはずなのに、こんなに親からつらくあたられるのだろう？　いっそ拾われた子だったらよかったのに。そうしたら私も少年レミのように本当の親を探す旅に出られるのに。どこか別のところに実の親が生きていると思って生きられたら、どんなに幸せだろうと思った。

それでも親が絶対だった。親は間違えていない。いつだって間違えて迷惑かけているバ

カは私。そう信じてた。親は、子どもの私にとって神のようなものだった。神
十三歳の誕生日を過ぎた頃、「親だって人間じゃないか、ただの人間、ただの生き物。
でも何でもない。なんであんなにえらそうなんだ。なんであんなにいばっているんだ」突
然、私の目の前にかかっていたベールがめくれた。

だからといって、急に何かが変わったわけではない。でも「親なんて、バカな奴が、人
間づらして、親づらして」[1]だ。ホントに！　彼らは親づらしてるだけなのか、そう思った。
いや、そう気づいた。その瞬間から私の心は救われる方向に動き出したのだ。
完全に親の呪いが解かれるまでには、その後ずいぶんと時間はかかったけれど。

たくさんの人の相談に乗っていて思う。
親がなきゃ、子どもはもっと立派に育つかも、と。

1　『文豪たちの悪口本』（彩図社、二〇一九年）九十三ページ
2　『家なき子』（フランスの作家エクトール・アンリ・マロ著）児童文学。自分が捨て子であったことを知った少年レミが本当の親を探す旅に出る物語。

ことばの次元、ぼくの因縁

横須賀しおん

僕の父には、変な癖があった。家族に聞こえるように、ひとり言を言う癖である。大半が単なる愚痴だったが、いくつか記憶に残っている愚痴がある。その中の一つに、「古池や蛙飛び込む水の音（芭蕉）」（という句）のどこに価値があるのか、わからないというのがあった。僕の父は詩人ではない。

ことばの次元について考えてみた。「・てん」（一次元）では、文字が書けないので、文字は、二次元としよう。「僕は毎日起きて寝てクソをする（十七文字）」と声に出した場合、音が加わった言葉は三次元とする。「古池や蛙飛び込む水の音（十七文字）」は、詩次元（俳句）とする。三次元と、詩次元は何が違うのか？

古池は死、静の暗喩、蛙は生、動の暗喩である。〝蛙〟は春の季語、読んだ瞬間に脳内では〝ポチャン！〟と音が響く……が、この句は現実の風景ではなく、心象風景であると言われている。芭蕉の死生観を表現しているのだ。詩次元では、書かずに表現した趣や喩えが〝詩情〟になる。俳句では風流である事が評価される。「柿食えば鐘が鳴るなり法隆寺（子規）」では、柿で秋を表現し、脳内で響く〝ゴォ〜ン！〟という鐘の音も表現している。子規は東大寺の鐘の音を聴いてこの句を思いついたが、寺の名前は〝法隆寺〟にした方が風流だと思ったので、寺の名前を変えたという説がある。名詞の選択も押韻や語呂によって変える場合がある。詩次元では、表現の豊かさや惹きの強さによって、秀作かどうかが評価されるからだ。

文字で書かれていない情報を「行間」と言うが、歌詞次元では詩情に加えて物語性も要素の一つになり、行間の深さや中身によって、その評価に差がつく。「木綿のハンカチーフ」（太田裕美）や「喝采」（ちあきなおみ）の世界は数十行で映画並みの感動を与える。僕が詩を書き始めてから父は次のように言うようになった。「ワシは歌は好きやったけど、詞だけは、よう書かんかったなぁ〜」。父と母は、文学に対する興味を持っていなかったため、僕は鬼子なのかなぁ〜と思うこともあったが、実は母方の叔母が俳句の大家《たいか》である。そのおかげで地元には、僕の作った俳句の句碑が建っている。僕が人生の途中から詩を書くようになった理由も、母方から来た縁が少しは関係しているのかもしれない。

プロフェッショナル家族

吉田真理子

子どもの頃から、うちはよそ様から「スポーツ一家ね」と言われてきた。両親ともに、現在でも取得難関の「日本体育協会（現：日本スポーツ協会）アスレティックトレーナー」の資格を持ち、それぞれ自分の種目（父はサッカー、母はホッケー）の競技団体において、指導者として活躍していた。夏は必ず、所属するそれぞれのクラブの合宿があり、大会があり、国体に役員として参加したり、オリンピックやワールドカップなどで何やら裏方をしていたりした模様。

Wikipediaによれば、一般的な意味の「プロフェッショナル」とは、①専門家のこと。専門家らしく、ある分野について、高い能力や、高い技術を有し、質の高い仕事をする人。②（アマチュアのように、無報酬で、趣味としてやっているのではない、という意味で）その人にとって主たる収入を得るために特定の仕事をしている人。となるそうだ。

母は専業主婦であったが、国体の役員、あげくは日体協の海外視察にも行っていたくらいなので「専門家」であったに違いない。その後、日本にエアロビクスが入ってきたとき、真っ先にインストラクターの養成を受け、あちこちの教室で指導をするようになる。こうなると、もう趣味の域を超えて「主たる仕事」だ。母はインストラクターを生業とするようになった。一九八〇年代前半、母が四十代前半の頃の話である。そして八十四歳の今、なお現役の「インストラクター」として指導現場に立っている。（エアロビクス以前のホッケーやトレーニング教室指導なども含めると六十年以上の指導歴になる）

五十二歳の時、父が亡くなり、その後、腎臓を患って人工透析を受けるようになりながらも、現住所に家を建て、小さい自宅兼スタジオを作ったのが六十歳過ぎ。そこを拠点に弟子たちを養成しながら、あちらこちらへと指導に飛び歩いた。さまざまな公的資格も取得し、その後はだいたいその指導員組織の役員を務めていた。

最近では御年九十歳の最高齢インストラクターが何かともてはやされているようだが、彼女が六十五歳からフィットネスをはじめ、教え始めたのは八十七歳。母は現在八十四歳なので、まだまだ、である。歳を重ねても、同世代にならら、ずっと指導を続けられるので一生勉強！　というのが母のプロとしてのポリシーである。

娘として、同じプロの指導者として、まったく敵う気がしないのである。

正解のない世界の進み方

羽木桂子

ある英語の能力試験を受ける事になり、問題集を取り寄せて解いてみた。リーディング問題で、子どもの遊びの重要性、自転車シェアに関する話など、次々と興味深い内容が出てきた。その試験のリーディング問題は、ボリュームがあって時間内に回答するのが難しい事で知られている。時間内にすべてを解こうと思ったら、さっと読んで回答しなければ終わらない。そこで私は、時間に追われて解くのをやめて、じっくりと内容を読み始めてしまった。どちらも問題提起や過去から現在における現状等について書かれているが、特徴的なのは、「正解のない問い」でもある点だ。

私たちは、本やさまざまなサイト等からあらゆる情報を読む事ができる世界に生きている。専門家の話は参考にはなるが、それも現時点での見解である。結局のところ、「どんな情報を受け取り、どう解釈して、どれを選ぶのか」にかかっていると感じる。

我が家の娘は、公立小学校四年生からインターナショナルスクールに転校した。私はブログや国際教育系メディアで情報を発信しているので、お問い合わせをいただく事もある。同じような選択肢を検討する層が増えてきているけれど、まだ少数派だ。日本国内での進学を想定する方が多い。どう進むにしても先行きの不透明な時代、親は子どものためにさまざまな情報を集め、考えて、選択している。

けれどもこれも「正解のない問い」である。英語ができれば良い訳でもなく、東大に合格すれば一生安泰という事でもない。学校は通過点に過ぎず、その先の就職など、人生は選択の連続。本人にとっての「最適解」を探してもらうしかなく、それすら探し当てられない事もあるかもしれない、哲学のような世界。日々そんな事を考えているので、娘と買い物に行って「どっちの服がいいと思う？」なんて聞かれると「自分で決めなさーい」と言いたくなる時もある。

娘が通っている学校の授業では、テーマは決まっているが、自分で調べてまとめ、発表する事が多い。先生からアドバイスはもらえるけれど、生徒が主体的に進める。娘はデザインに興味があるので、プレゼン資料に色や動きをつけるとか、見た目にこだわりがちな気もするけれど、そうやって「自分で探して、選択する」という事は大切にして欲しい。それができればどうにかなるんじゃないかな、と思っている。

【コラム】本からエッセイを書く！　この刺激的な体験はやめられそうにない

毎月城村先生が選出した課題本をもとにエッセイを書く。この課題本が多岐にわたっていて、「この本からエッセイを書けと!?」なんて驚くことも多い。

自分じゃ手にしないような本が課題になるのは、刺激的だ。自分の成長を助けてくれていることを実感するし、頭の体操にもなる。それでも、どうしても読み切るのがつらいとき、苦手な本のとき、メンバーのみんなはどうしているんだろう？

「途中でギブアップ。読み切ってない本いっぱいあるよ」「目次だけ見てヒントをもらっている」「本が読めないことをネタに作品仕上げちゃった」など。

この「課題本をもとにエッセイを書く」というルールの一番面白いところは、課題として出された本を読んでも読まなくても、その本の存在からどんな刺激を受けたかで作品を仕上げていいというところ。その本の表紙、タイトル、目次、本の中の一文、あるいはひとつの言葉でも。

自分にとっての閃きワードをひとつでも掴んだら作品が書ける。この面白さはやめられない。

（ｋｏｋｋｏ）

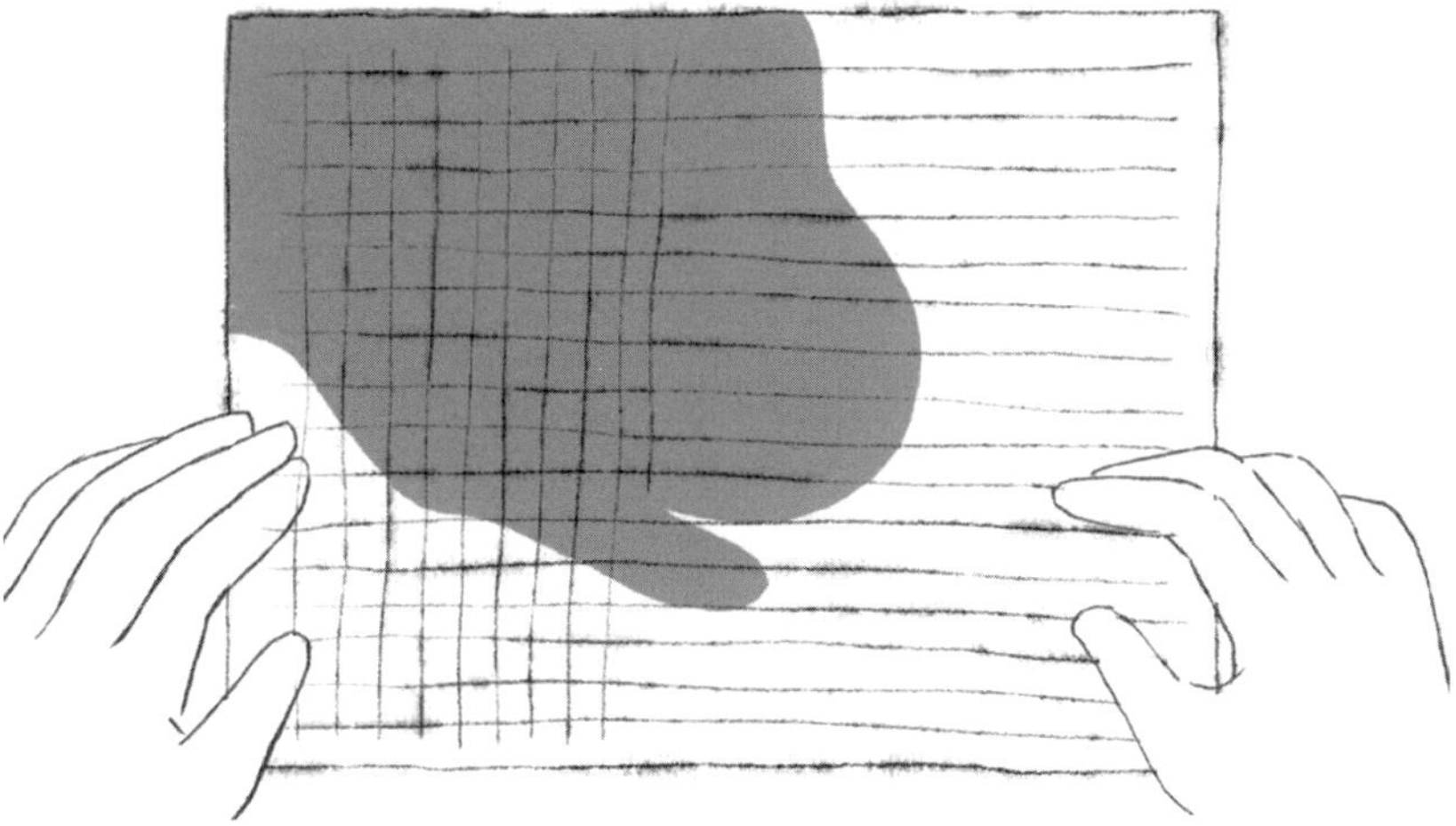

第3章 つながりが教えてくれる

静かなる戦い

瓶子かずみ

夫婦が机をはさみ向かいあって座っている。

二人の間には緊張感が漂い、猫でさえ近づく事ができない。

先手、夫「この数でこの値段は高くない？」

後手、妻「手作りだから妥当な値段よ」

夫は腕を組む。まだ手札は何枚かあるようだ。

先手、夫「向こうには育ち盛りの子どもがいる。量が少なくない？」

後手、妻「じゃあ、この商品を二個注文しよう」

妻はまったく怯まない。さらに注文するということは値段も倍かかるということだ。

つまり、妻は意見を曲げる気はさらさらないと言う事だ。夫は少し項垂れる。

夫は妻の意見を汲みつつ自分の意見を取り入れて欲しいのだが、妻はその気がまったく無い。

――どうなる、この戦局――

先手、夫「これは確かに美味しい。でもインパクトがない。コストコででっかいティラミスとかインパクトあって良くない？」

後手、妻「あれ、配送してくれないよ」

妻、即答。夫、首をさらに傾けうなだれる。

猫はあくびをし、妻の膝の上に乗り甘えに来た。

――戦局は完全に妻優勢となった――だが夫も意地がある。

先手、夫「だったらブランド物を買おうよ。その方が喜ぶよ」

後手、妻「ここ、英国皇室や英国大使館へ納品した事もあるしその道じゃあ有名店よ」

夫、「うっ」と小さく呟き、言葉を探す。

夫「……参りました。それで注文してください」

夫は頭を下げ、白旗を挙げた。

妻「じゃあ注文するね～♡」

妻はウキウキと自分が選んだ商品をネット注文し出した。この戦いは【夫の実家に何を送るか】というもの。

夫は【質より量、値段は安いもの】派。

妻は【量より質、値段は多少高くてもいい】派。

今回妻が選んだのはスコーン専門店「スコーンドルフィン」の冷凍スコーン二十個セット。夫の実家にこれを送ろうと妻が話を持ちかけたところ、「値段が高すぎる！」となり、舌戦となった。猫から見てもくだらない内容だが、当人たちにとっては重要な問題なのだ。

複雑な我が夫婦と英会話

つるたえみこ

我が夫の、趣味が「英語」である。休日は半日机に向かって何やら勉強をしている。英語にトラウマがある私には、そこは「聖域」となって近づかない。

高校時代、沖縄の米兵相手のスーベニアショップでアルバイトをしていた。ベトナム戦争の真っ只中だった。社会問題より、自分のことで精いっぱいだった当時の私は、ベトナム戦争が隣で起こっているのに関心がなかった。

基地の街は大賑わいで、米兵はいつも騒いでいた。昼間から酔っ払い、テンション高く話し、ハグして笑いたまにはケンカが始まる。

あの時の米兵はわずかな休暇があると、戦場から沖縄にリフレッシュ休暇で来ていたのだ。戦場から解放され、いつ命がなくなるかもしれない怯えを紛らわせていたのだ。心理的に追い詰められた破滅的な状態だったのだと思う。

ベトナム戦争と米兵の気持ちを結びつけられなかった。それにしても、学ぶ意欲があればそこで英会話を覚えるいいチャンスだったのに、私は何故か頑なに拒んでいた。

「メイアイヘルプユー」さえ言えばいい、客の米兵は「オー、ジャストルッキングナウ」というだけ、それ以上商品のことを質問されたら、即先輩につないだ。

今考えると何と勿体ない、いいチャンスだったのにと思うが、当時の私はすべての事がうまくいかず、周りに怒り散して、反抗していた。

「ここは、日本なのだ、お前たち帰れ」という思いだった。いつも、隣には「英会話」の世界が広がっていたのに。

夫の部屋からはブツブツと声が聞こえてくる。今は日常の一コマだが、英会話と聴くだけで「メイアイヘルプユー」しか使わない頑固な自分の劣等感が刺激され嫌味を言う私だった。


今は、分からない単語があるとすぐ夫に訊く。ドヤ顔で関係ない領域まで教える幸せそうな夫を見て、相手の好きなことを素直に共有することが、世界平和につながるのだと思うようになった。

「著作権？・」何それ美味しいの？

瓶子かずみ

――あれはもう十年前の年末のこと――

午前二時に旦那を叩き起こし車で戦場まで送らせる。戦場に着いた後、旦那には適当に車で待機してもらう様あしらう。午前三時なのに戦場にはすでに大量の兵士の列。この極寒の中、七時間待機しなければならない。

――寒いけど、この戦いに勝利をするためならなんて事ない――

ホッカイロと甘酒で寒さをしのぐ。寒いなら時間まで車の中にいれば、だって？　それは絶対ダメ！　戦利品が手に入らない!!　地図を確認し、効率的に攻略する作戦を練る。

午前十時――戦争開始時刻なのに何も変化がない。

――もう時間なのになんで動かないのよ!!――

騒めく心を何とか抑え、太鼓の鳴る音を待つ。

午前十時三十分――待ちに待った太鼓の音――

――只今より冬のコミックマーケットを開催致します――

よっしぁぁぁぁぁ!!　戦闘開始!!　そう!!　ここは東京ビッグサイト、オタクの戦場コミックマーケット。

二次創作・それに便乗した企業ブース・コスプレなど……オタクの年末お祭りじゃぁ!!

何？　著作権⁇　そんなものはコミケでは関係無い!!

その漫画やアニメの二次創作サークルが多ければ多いほど人気があるというバロメーターだ。というか企業もそれに便乗して限定モノを販売しているのでWin-Winである。

朝早く並ぶのは自分の目的のモノを確実にGETするためだ！

商業出版と違い販売されているモノは自分でお金を出して作成したモノなので、完売したらもう二度と手に入らない。

地図を見て、効率的に目的のモノをGETしていくのがセオリーなのだ!!


そして十二時前には任務完了し、旦那に「Tully'sにいるから迎えに来い」とメールを送り、アイスコーヒーを飲みながら旦那の迎えを待つ。旦那はTully'sに来て私が半分残しておいたアイスコーヒーを飲みながら「俺もちょっと見たい」というが、私は眠たいので旦那の提案を即却下し、荷物を持たせて車へと向かう。

旦那はシュンとしながら車を運転し私は戦利品に浸りながら眠りにつく――

どうして旦那さんこんな女と離婚しないのだろうって？

……何故だろう、それが我が夫妻最大の謎である。

世界とつながる

今村公俊

ピアニスト、といえばすぐに思い浮かべる友人がいる。

彼女は主婦と子育てと仕事をしながら、毎月無料で幼い頃から好きだったピアノのコンサートを開いている。ただし旦那さんにはあまりいい顔をされていない。非生産的で、無駄なことをしているように捉えられているからである。

無駄なこととは何だろう。お金にならない、得にならないことだろうか。しかし芸術を経済的な観念や損得勘定で見るのはいかにも味気ない。その旦那さんは友達がいないので誰とも会わず、仕事が終わると真っすぐ帰宅してくるので一切無駄遣いはしないそうである。それだけ節約すればたしかにお金の心配をしないで済む。しかし、お金の心配がなくなるからといってそれだけで幸せを実感できるのか。

芸術は一見無駄なことのように見える。必ずしも生活になくてはならないものではない。生きていく上で最低でも食べられたり、寝られたりすればたしかに事足りるだろう。けれども二万年前にはすでに人類は洞窟の壁に絵を描いていた。そのレプリカを観に行ったことがあるが、とても躍動感あふれる、見ていてワクワクする絵だった。縄文時代の土器の紋様などはどれも素晴らしい。土器は食べ物さえ盛れればいいのに、なぜそんな無駄なことをしていたのだろうか。中にはあまり実用的とはいえないものもある。だが無駄なものを作るのがアートなのではないか。

音楽は一瞬一瞬が二度とない時間、その場でしか聞けない音であり、それがライブの醍醐味でもある。私が友人のコンサートに足を運ぶのはその時しか聴けない音を感じたいからである。

また絵画は、描く人が心眼で見た光景をキャンパスに描く。そしてその絵を見た人は自分なりにストーリーを描く。音楽も絵も公開されたらもはや作った人のものではなく、聴く人や見る人が何かを感じて、初めてその作品は完成されたものといえるだろう。

アートとは何か。作者と世界とを繋げるものなのではないかと思うのである。

私の人生を変えた目線

大森奈津子

課題図書『怖い絵』の表紙を見た。ラ・トゥールの「いかさま師」という絵だ。この絵を一度でも見たら、忘れられない。すごい瞬間を切り取った絵だと思う。

目は口ほどにものを言う……。描かれた女性の目から温かみは感じられない。人が裏で悪事を働いている時はこんな目をしているのかと改めて考えさせられる。視線の合わない二人の女性が何を企んでいるのかを、視線で表現している。この絵は、視線で絵の中の世界を物語っている。人の視線とは、こんなに世界を支配するのかと思う。

そういう私は、ある男の子の視線で人生が変わった。

高校二年生の時、私は図書委員で、その年の文化祭で、ミニ和綴じ本の講習会を開くことになった。束ねた紙に目打ちで穴を開け、紐で閉じる日本独特の製本の仕方を教えるのだ。

当日は、思いのほか隣の小学校から子どもたちがたくさん訪れてくれた。作った和綴じ本をお土産にしていたからだと思う。

たくさんの子どもたちの中で、たった一人で訪れてくれた小学校四年生くらいの男の子がいた。一人で黙々と作業しているので見守っていると、急に顔をあげて「ねぇ、この先どうやるの？」と聞いてきた。

その瞬間だった。私の人生が変わったのは。

こんなに訴えかけてくる目があるのか！　その子の学びたいという真っ直ぐで、曇りがなく一点を貫き通すような眼差しに、心を射抜かれてしまったのだ。

なんて綺麗なんだろう、あの眼差しをもう一度見たい！　これが私が教員になる動機だった。そして、そのまま大学進学し、教員採用試験に臨み、教員になった。なんのためらいもなかった。病気で退職したが、あの眼差しは心に焼き付いていて、今でも私の人生を突き動かす原動力になっている。

ふと思う。今の私の視線はどんな視線なのだろうか？　どんな視線を投げかけているのだろうか？

目は口ほどにものを言う。心の中が無意識に現れてしまうんだろう。人の人生まで支配してしまう視線。あの子のような視線で、身近な家族や出会った人と接したいと改めて思う。

家族とマーチング

今村公俊

私は自衛隊の音楽隊のコンサートに三回足を運んだことがある。きっかけは自衛隊の募集相談員をしているという知り合いからの誘いだった。

軍の音楽隊とは言え、その演奏レベルは極めて高度と言えるだろう。中でも日本武道館で行われた自衛隊音楽祭りは圧巻だった。自衛隊のコンサートは入場無料ということもあるが、大変人気がある。だから抽選で当たらないとなかなか見る機会に恵まれない。その武道館のコンサートも前の年の競争率が六・五倍だったが、自分はコネがあったおかげでコンサートに足を運ぶことができた。

その時の統率のとれたドリル演奏（マーチング）はとても素晴らしいものだった。音楽隊も軍隊で訓練を受けているので、一糸乱れぬ演奏とマーチングはさすがだった。その日は、タイ空軍、米海兵隊、在日米軍合同で「WE ARE THE WORLD」の合奏も披露され、国境を超えたそのパフォーマンスは会場全体を感動の渦に巻き込んだ。

自衛隊がらみなので少し躊躇したが、この感動を伝えたいと思い、反響はあまり期待せずにSNSにその日のルポを投稿した。

ふたを開けてみたら、娘がマーチングをやっていた、自分は学生時代にマーチングをやっていた、兄がやっていて全国優勝した、高校生の三男が以前海上自衛隊と一緒に演奏した、等々コメントが殺到した。それぞれの反応はまったく思いもよらないものだった。本人か家族がマーチングや吹奏楽をやっていたという人が思いの外、多かったのである。

ひと昔前までは自衛隊は嫌悪されているようなイメージで報道をされていたが、自衛隊に偏見を持っている人は実はごく一部なのではないかとその時気づいた。

何よりも災害派遣での救助活動を通して多くの国民は自衛隊の存在意義を感じていることだろう。

音楽隊の任務は基本的に隊員の士気高揚ということだが、音楽を通して国民の心も鼓舞し、癒すことに大変貢献していると思う。

ほくそ笑むヲタク論

吉田真理子

今度の課題は「ヲタク本」。こういうノリは大好きだ。

「ヘンなものが放つ、意味も価値も受け付けないようなオーラ」とか「ヘンなものによる意味の無化作用」などという、中二病的な言い回しからしてガツンと来た。

間違いなくこの本は『ヘンな温泉』ヲタク」が作っている!!


ほくそ笑む=陰で一人密かに笑う。そうそう、これこれ。

おそらく多くの人の賛同は集まらないであろうモノやコト、画像や映像を見つけてひとりニヤニヤする醍醐味。これがたまらない快感であり、たまに同じツボを持つ同志と巡り合い、「ねー！　でしょでしょ!!」と少数派ならではの親近感に地味に狂喜乱舞するまさに「ヲタク」の世界。


八割の人が良いと思うものを良いといい、価値と値段は比例し、特盛ウンチク、雰囲気や情緒至上主義な人にとっては「気持ち悪い」の一言。

それが「ヲタク」。そう、オタクではない。ヲタク。

オタクよりもっとディープなものに我々は興じているのだよという主張が「オ」と「ヲ」を使い分けさせている。自ら一線を引いて、「コッチの世界」にどっぷり身を置いているのだよ私は的な表現を自己満悦と主に書き綴るのがヲタク。

うーんとまとめて平たく言えば、「人には理解されなくても〜、ヘンなもの（と思われてる）が大好きなんですワタシ〜」と言いたい人が、自分の世界でツボにハマったものを眺めてニヤニヤするのが「ヲタク的ほくそ笑んでる」姿なのだ。

ヲタの好きの対象は神羅万象千種万別にわたる。アニメヲタ、ジャニヲタ、ゲーム、戦国武将、などあげていけばきりがない。言っちゃなんだが、城村先生も「編集ヲタ」とくくってしまってもいいほど（本業だからヲタクというには変態性が突き抜けてる、と私のヲタ検知アンテナが感じている）だと思う。

幸か不幸か？　うちの子ども達もこの感覚遺伝子を受け継いでおり、日々「ヲタク話全開」で盛り上がる。そう、我が家は愉快なヲタクファミリー。さて、何か問題でも？

私の責務は……

大森奈津子

映画、「鬼滅の刃　無限列車編」観覧中、劇中の台詞、「俺は俺の責務を全うする。」で、私は急に、忘れられないあの時の記憶が蘇ってきた。そう、あの、東日本大震災の時の記憶。

私は都内公立小学校の六年生の担任で、学年主任だった。

午後二時四十六分、六時間目の授業のため、教室移動しようとしている時、突然の大きな揺れ。立っていてもわかる。まずい。

「机の下に入りなさい！」

思わず怒鳴った。

状況判断、状況判断……。教室の後ろの水槽の水で揺れの大きさを測る。恐怖で子どもたちがキャーキャー言い始めた。

「声を出すなー!!」

一喝。

誰かが声を出すとパニックになる。声はおさまる。よし、これでパニックは防げる。

地震の揺れは大体一分。一分凌げばなんとかなる。

私は絶対、一人残らず子どもたちを保護者の元に返す、ただそれだけを考えていた。時計を見る。一分経った。まだ揺れは収まらない。校舎は耐えられるのだろうか？　天井は？　蛍光灯は？　状況判断、状況判断……。時がとてつもなく長い。耐えろ、とにかく耐えるんだ。長かった。揺れている間はできるだけ私が考えていることをそのまま言葉にした。何を言ったかは覚えていない。

揺れ始めて五分、まだ揺れている。

収まってくれ。私はこの子たちを家に返さなきゃいけないんだ。

教卓を掴んだまま立っていた私はつねに教室を見渡していた。水槽の水を見る。ようやく揺れに変化が。少し収まった。全員校庭に避難の放送。校庭に全員避難、全員無事を確認。午後九時、全校児童の最後の一人を保護者に無事引き渡した。

あれから、十年以上が経った。あの時目の前の命を守ろうとしてたのは私だけじゃないはずだ。学校関係者以外にも電車やバスの運転手、病院関係者、保育園、役所……一般の人たちでも多くいたと思う。私は、人が人を支え合う力を信じたい。

家族のような友人

今村公俊

「思いやり」とは一体何だろう。「その人の身になって考えること」だろうか。これがなかなか一筋縄ではいかない。

今はもう亡くなられたが、大変親しくしてもらった友人がいる。その人は第四ステージの癌に罹っていて、ときどき痛みに悩まされたとはいえ、生前まで末期だったとは思えないほど元気な人だった。なので、自分が可哀そうと思われることをとても嫌っていたようだった。とくに言葉遣いにはとても敏感な人だった。

日頃から余命幾ばくもないと公言しておられたので、命の危機を乗り越えるたびに、自分で「シヌシヌ詐欺」と公言してはばからなかった。また、ご自分の写真をSNSに投稿されていて「これは遺影のためだ」と言っていた。そんなこともあり、ある日投稿していた、その人自身を写した写真に関して私は、親しい間柄ということもあり、調子に乗って「これは遺影にいいのでは」とコメントした。その友人にはあとでメールで大変怒られてしまった。それは遺影という縁起でもない言葉を使ったからではなく、死ぬかもしれないという切迫した体験のない私がコメントをするには軽々しく、無神経な言葉だったからだ。自分では自覚していなかったが、ひょっとしたら可哀そうという気持ちも出てしまって、それを感づかれたのかもしれない。そして癌になったことがない人間が「癌になった人の身になって考えること」はやはり簡単ではないこともその時、身をもって感じた。

けれどもその後、雨が降って地を固めていくように、より親しい間柄を築けていったように思う。その友人は自分とは正反対で竹を割ったような性格であり、忌憚のない意見を遠慮なく、はっきり言ってくれる人だった。その後も私が無神経な行動をするたびに叱責されたが、それは自分では気づけないことだったので大変有り難いことだった。一見、耳に痛い、厳しい意見に聞こえるけれども、他人の立場を思いやって、考えてくれた人だった。

お互いの違いを認め合っていたからこそ、その後も友人関係を続けられたのではないかと思う。そして今はそれがなくなり、とても寂しく思う。自分とは違うからといって排除するのではなく、違いを認めることこそが「思いやり」なのではないだろうか。

異世界を面白がるのに必要なのは、まず自分の世界があること

kokko

「きみってさあ、妹コンプレックス強いよね」

二十代の頃友人に言われて気づいた。私、妹たちにコンプレックス抱いていたんだって。


小学生の時「ピアノを習いたい」と言い出したのは私。

だけど、すぐに練習をさぼるようになり飽きて怠けだしたのも私。

全然上達しないうちに、あとから始めた妹たちがどんどん上手くなっているのをみて、「もうピアノなんて弾かない！　触りたくもない！」と拗ねて辞めたのは中学一年の時。

二人の妹たちは気づけば音楽の道へと真っすぐに進んでいた。このままピアノでいくか、それとも歌か。そのうち今からじゃもう東京藝大には入れないとか、やっぱりピアノは三歳から始めてなければ遅かったとか、じゃあやっぱりピアノ科は諦めて声楽科を狙うか、藝大が無理ならK音大にするか、そのための指導してくれる先生はどうだのこうだの……。


私は自分の未来を上手く思い描けず、一人でとんちんかんな空想の世界に住んで絵空事

と思えるような夢を見て、いつか小説家になりたいなとぼやっとした現実逃避めいた生活を送っていた。あの頃、夕食時の会話は私の知らない私の入れない世界の話ばかりで溢れていた。K音大に入るには、付属高校から入ったほうがいい。声楽科にいくならK音大卒の○○先生に習わないと。ピアノの課題曲は○○で自由曲は……。努力肌のすぐ下の妹と天才肌の末の妹が、私の知らない私の入れない世界へと入っていく。キラキラ眩しい世界。得意げな親の顔。疎外感。

自覚のないままコンプレックスになっていたのかも。

努力もせずにピアノなんて嫌いと拗ねた自分を後悔していたのかも。

今、私は私の世界に生きている。妹たちとは関係ない、比べたりする必要もない。自分が楽しく思える世界にいて心が満ち足りている。

コンプレックスがなくなった今だから『最後の秘境　東京藝大―天才たちのカオスな日常―』のあとがきの一文「違うところを面白がり、同じところに感謝して。」に深く頷けた。妹たちのおかげで、私の知らない世界を覗かせてもらえたことに感謝している自分がいる。

あの日、怒り続けたけれど……

朝日陽子

私は芸術が苦手だ。苦手というより不得意。子どものころから手先が不器用なのだ。学生のころは楽器の演奏に憧れ、ギター、キーボード、ドラムに挑戦したが、どれもモノにならず。母が編み物が上手で教えてもらったが、編み目がバラバラで母に突っ込まれ続けてイヤになった。

バンクシーを今回初めて知った。どんな人物かを知り、何をしているのか知った時、私は無性に腹が立った。

「公共物に勝手に絵を描くなんてあかんやん！」

「勝手に絵を貼り付けるとかあかんやん！」

でもその絵を見て、称賛する人もいる。芸術なら称賛され、落書きなら批判されるということか。じゃあその境目はどこ？　私が描いたら絶対に落書きだよね。素性を明かしていないっていうのも気にいらない。社会風刺するなら、堂々と顔を見せてやればいい。そうしたら捕まるから？　ということは本人も「悪いこと」っていう認識なんだよね？

長女が二歳ぐらいの時に、壁一面に落書きをした。私は感情にまかせて、長女を怒った。

泣き出しても怒り続けた。泣き続けても怒り続けた。今でも忘れられない苦い思い出。

あの時の怒りの感情はなんだったのか。「壁に絵を描くことはいけないこと」を教えるために怒った？　そんなわけない。

「なんてことしてくれたのっ！」「これ消せないんだよっ！」

という私の都合で怒っていた。

今ならその絵を見て、「なんて創造力豊かな絵を描ける子なんだ！」と称賛する？　さすがにそれはできそうもない。だけどあの時のように怒りの感情にまかせて怒り続けることはしないだろう。

子育てしながら年を経て、怒りの感情をそのまま表に出すことはしなくなった。私が人間として成長したということか？　まさしく「子育ては親育て」。子育てを通して、親は子どもに育てられるんだって、つくづく思う。

気づけばバンクシーへの腹立ちも少しおさまっている。

できる子に育てたければ、子どもに勉強は教えるな！

横須賀しおん

六歳の時に、自分史上最大の発見をした。それは、「本を読むことによって、たいていの疑問は解決できる」という世紀の大発見である。常識だと思うかもしれない。しかし、六歳の子どもにとって、それは常識ではない。親から言われて気付くのと、言われてないのに気付くのとでは、大違い。「勉強しなさい！」と言われて仕方なく勉強するのと自分から進んで主体的に勉強するのとでは、大違いである。

小学四年生の夏休みの自由研究で「交通量調査」をしたところ、先生から、素晴らしいので全校生徒の前で発表するようにと言われ、しぶしぶ承諾して発表した事がある。褒めない親だったので、親にはまったく報告しなかった。子どもが承認欲求の塊に育つのは良くない。「褒めて伸ばす、褒めて育てる」は、半分正解で、半分間違い。褒めるのを辞めると、勉強しなくなってしまうからである。

それと昔から「親はなくとも子は育つ」と言われる。また世間では、「子どもを本好きにする為には、読み聞かせしなければならない」とも言われる。読み聞かせしている親が本好きな事は分かるが、自分の好みを子どもに押し付けているだけになっていないか、注意する必要がある。親が読み聞かせする事と、子どもが本が好きになるかどうかは、まったく別の問題だと思う。なぜなら、私は両親から一切、本の読み聞かせをしてもらった事がないにも関わらず、本好きな人間に成長したからである。

親にとって大切なのは、勉強を教える事ではない。分からない課題が目の前に現れた時に、解決する方法だけを教えて、「勉強そのもの」は教えない事が肝心である。勉強の仕方（調べ方）を理解している子どもは最強だ。どんなに難しい問題が起こっても、自ら学習する事によって自己解決し、前に進んでいく事が可能になるからである。親にとって一番大切なのは勉強を教える事ではなく、子どもが勝手に勉強したくなるような環境だけを作る事に専念する事なのではないか？　そうすれば、子どもが勝手に一人で成長していくようになるはず。子どもも時代に勉強しなかった親の場合に肝心なのは、子どもに「勉強しろ！」と怒鳴るのではなく、親は親で自分の好きな事を探し勉強して、子どもに背中を見せていく事だ。そうすれば、親の背中を見て、子どもも同調して、自分から努力していくような、精神的に自立した大人に成長していくものだと思う。

さぁ、孫は誰が見せる？

瓶子かずみ

「私は一生独身だから孫は弟に期待して」

子どもの頃からずっと両親にそう伝えていた。

同異性問わず女性扱いされた事がないので今世は無理だなと思ったからだ。


――親に孫を見せる使命は弟に託すことにした――


この決意を固めて以降、弟に結婚させる事は私の使命となった。

一九九〇年代はＨＩＶ感染、昨今はよくある「できちゃった婚」が問題視されていた。

だから特に性教育に関しては徹底的に施した。
・事をする時は必ずコンドームを使うこと。
・コンドームを使うことは病気から守るだけでなく、彼女に望まない妊娠をさせないためだということ。
・ゴムアレルギーの場合は、アレルギーの人でも使えるコンドームを買うこと。
この様に事をする時のマナーを教育し続けた。だが弟は私のこの崇高な教育に聞く耳を

持ってくれない。さらには

「ネーちゃん女なのだから、恥じらいというものはないのかよ!!」

と反論してくるのだ。恥じらい？　何をいまさら？？

「それを言うならベッドの下にエロ本隠すなんてベタな事するなよ」

と言って黙らせている。だが現実は難しい。

弟は優しい性格ゆえに女性から見ると「刺激がない」という事で絶賛惨敗中だ。

そんな事が続いてもう孫は見せてあげられないのかと思っていたら、我が家に大事件が起こった。

それは……

……兄の結婚。

二〇二〇年の女性が喜ぶ月の最高の日に入籍しやがった!!

まさに「大・どんでん返し!!」

何そのロマンティックな対応！　私を平気で殴る人だったのに!!

弟は兄弟どころか親族中でも売れ残ってしまった。

色恋沙汰はまさに博打だ。私は大負けしてしまったのだ……ちきしょう。

だいじだいじなーんだ？

梅田とも

『だいじ　だいじ　どーこだ？』という絵本の表紙を見たとき、一瞬、戸惑いを覚えた。「どーこだ」？　この文章は、だいじなものが、場所として指し示せることを前提としている。だいじなものは、これ！　と、見せられるような何かなのだろうか？

それはともかく、四歳の息子と絵本のページをめくった。すると、彼は笑う、笑う……とりわけ、パンツのページがお気に入りで、何度も「また読んで！」とせがんでは、大爆笑。むむむ、これはギャグ絵本ではないぞ。

そういえば、保育園のお迎えのときも、わんぱく男子どもが飛び出してくるなり、おもむろにズボンを引き下げ、「おしりたんてい、ぶっぶー」と、叫びながら、まだ蒙古斑の残るかわいいやつを存分に披露してくれる。それが楽しくてたまらないらしい。私のときはクレヨンしんちゃんだったな……などと思いつつ、世代が変わっても、やはり、パンツのなかは特別らしい。

特別なのに、自ら見せて喜ぶときと、そうでないときとがあるのはどうしたわけか？ドイツの哲学者ヘーゲルの本質論のところに、このような記述がある。

外的なものはまず第一に、内的なものと同じ内容である。……第二に、内的なものと外的なものとは、しかしまた、両形式規定として互いに対立借定されてもいる。……

人間は、彼が外的にある、つまり彼の行動におけるとおりそのまま……彼は内的なのである。[1]

要は、人には、外的な身体のほかに、内的な心がある、ということである。目に見えない心と、目に見える身体とは、明らかに違うもの。けれども、物質的な身体の言動を通して、非物質的な心がそこにあらわれてくる。

先ほどの、だいじなところを人に見られるという行為。傷つけられたのは、目に見える身体ではなく、目に見えない心である。人としての尊厳である。だから、自らの意志で見せるときは、傷つかない。

というわけで、「だいじだいじなーんだ?」これなら、わたしにも腑に落ちる気がする。

1 ヘーゲル（樫山欽四郎訳）『エンチュクロペディー―哲学諸学綱要』（河出書房新社、一九八七年）一四一―二ページ

家事はマインドフルネス

つるたえみこ

娘が高校生になった頃、私が仕事で遅くなるときは娘に夕食の担当をお願いすることにした。宅配サービスのメニューであれば、娘に料理を教えるのに便利だと、一石二鳥だと思ったのだ。それは上手くいった。

娘が結婚して、女の子が生まれ、その子が高校生になった頃、娘が家事を手伝わないと愚痴ったことがある。

「私（娘）は高校生くらいには家の手伝いをたくさんやったが◯◯（孫）は家事を何も手伝おうとしない」という。

それを聞いた私は「ああ、昔よく母に言われた、家事は嫌いだったから。歴史は繰り返す」と娘に言い二人で笑った。

家事ができて当たり前、イコール「女の価値」、女は家事をこなして初めて認められるという社会通念に、家事が嫌いな私は烙印を押された気がして落ち込み、悩んだ。

呪いから解放されたのはフェミニズムに出合ってからである。開き直り、気が楽になった。その後、私の家事能力も磨きがかかり、料理を手早く、雑につくる得意技も身に着いた。洗濯は洗濯機にお任せ。掃除は好きで、仕事にしたいほどである。

家事は、基本的な暮らしを支える、掃除、洗濯、料理、買い物、会社でいえば総務にあたるとWikipediaに書いてある。(なるほど!!)主婦はさしづめ総務部長か。

たかが家事。されど家事と思うようになったのは、ストレス解消に役立つ、マインドフルネス効果があると思ったことがきっかけだった。

掃除をしているとき、頭は自動思考のテロップが止まっている。ただ無になって腕を動かしているだけ、磨きがかかってきれいになった床、少し先に目を移すと汚れが見えるから、また先に進んで磨いていく。

そうだ、この感覚、昔もあった。

小学生の頃、タライに水を張りゴシゴシ洗っていた、そのとき空気と一体になって自分が自分でない気分、爽快なすがすがしさが蘇ってきたのだ。

そんな体験のあとは、家事は私のストレス解消法、マインドフルネスと思うようになった。

「ありがとう」と言う魔法の言葉

小林みさき

三十代の主婦は無敵だ。子どもたちを支配し、家族のスケジュールを牛耳り、その勢いで世の中までも支配できる、と勘違いしている節がある。

現に私がそうだった。例えば運転をしている時、前の車を追い越さないと気が済まない。それを、人間関係にも持ち込み、ＰＴＡでも、仲間にも、もちろん家族の誰にも負ける気がしていなかった。おまけに、大したこともしていないのに、「忙しい」「寝ていない」「誰もやってくれない」などと言い続け、しまいには悪口合戦にも参加、絶賛文句太朗の暗黒時代が私の三十代だ。

そんなどうしようもない私を救ってくれたのが「言葉には入る器があり、上から良い言葉をどんどん入れていけば、下から悪い言葉がところてんのように出て行き、やがて器は良い言葉でいっぱいになる」と言う教えだった。たまたま誘われて参加した言葉のセミナーでガツンときた一文だ。

その日から「ありがとう」の出番になった。それまで「やってくれてあたりまえでしょ」と思っていたことや、ささいなことにも「ありがとう」をたくさん言ってみた。何度も何度も私が言っているうちに、「ありがとう」が苦手だった家族も言う回数が増えていった。

私も家族も「ありがとう」の魔法をさらに習得していった。

仕事で対面販売をすることが多い。そもそも販売は苦手で、どうしてこの仕事をしているんだろうと自分を恨んだことすらあった。それが、お客様への「ありがとうございました」を心から言えるようになると、だんだんと、苦手だと思っていた販売の仕事が楽しくなってきた。

お客様の事がよく見え、「大切な人」として接客できるようになり、今では、接客の様子を誉めてもらうことが増えてきたぐらいだ。

私が今、こうして誰かに読んでもらうための文章を書いていられるのは、「ありがとう」という魔法の言葉のおかげに違いない。

『幸せの探し方「ありがとう」の言葉でつくる幸せな毎日』を読んで、「ありがとう」に出会えたことに改めて感謝し、「ありがとう」の輪をひろめたいという思いが強くなった。

そして、私自身の「ありがとう」の本を書きたくなった。

空はいつもそこにある

羽木桂子

どうしようもなく悲しい出来事があると、なぜか空を見上げてしまう。広々として果てしない空を見ると、自分の悲しみなんて小さな事だと思えてくるからかもしれない。

先日、飼っていたハムスターが静かに旅立った。大人しくて人懐こい性格だったが、娘や母の方が好きだった。娘の小さな手や母のふっくらした手の中では安心したように丸く収まるのに、私や夫の手に抱かれると、急に焦ってウロウロと動きだす。そんな様子もかわいらしかった。

最初は期間限定で借りてきた。実家に帰省中、親が飼っていたのを娘が気に入り、友達に見せたいと、すぐに実家に戻る予定で我が家にやってきたのである。その頃、娘は公立小学校からインターナショナルスクールに転校して、急に環境が変わったので、慰めにでもなればとも考えた。娘になついて、ケージから出してもずっと娘の手に抱かれている。離れがたくなってしまい、そのまま我が家で飼わせてもらった。

もともと、旅行などで家を空けがちな我が家では、ペットを飼うという選択肢を今まで考えた事はなかった。娘が飼いたいと言っても、「絶対にすぐ飽きてママが世話するハメになるからダメ」と言ってきた。けれども、娘はよほど疲れている時以外はきちんと世話をし、責任を持って飼っているのが感じられた。今まで「ちゃんとお世話するもん」という言葉を信じなかったのを申し訳なく思った。親って、子どもの事を分かっているようでも、分かっていないのである。

娘が新しい環境に慣れるまでと連れてこられて、娘がその環境に適応し、少しずつ英語も出来るようになったのを見届けて、旅立ってしまったのだろうか。

震災や事故関連のニュースを見ると、寿命だと覚悟していたペットを亡くしただけでもこんなに悲しいのに、突然の出来事で身近な人を亡くした方達はどんな気持ちだろうか。世の中は、絶望しそうになるほど悲しみに溢れていると思う事もある。

そして空を見上げる。すると少し気持ちが落ち着く。どこまでも続く青い空と白い雲は、私たち人間の日々の悲しみを遠くへ押し流してくれそうな気がする。

【コラム】「居心地悪い」が心地いい♥

ふみサロには現在二十名ほどのメンバーがいる。一人ひとり価値観も環境も何もかも違う。そう、普通に生活していたら、出会うことのない貴重な仲間だ。

課題本からインスピレーションを受けてエッセイを書き上げる。仲間からフィードバックをもらう。共感してもらえることもあるが、書いた文章を客観的な視点でコメントをもらえる唯一の場所だ。

ふだんブログなどで発信する文章を読んでくれるのは、ある程度私を知っている人や共感してくれる人。だからコメントも心地いい。なんならめっちゃうれしくなるコメントをいただくことが多い。

でもふみサロにはそれはない。文章の上達をめざす仲間どうし、遠慮のないフィードバックがバンバンくる。厳しいコメントに若干落ち込むこともないことはないが（笑）、本人にとって耳の痛いコメントなんて、そうそう聴ける場ないもんね。ほんとに貴重な大切なコミュニティー。

この居心地の悪さが心地いい。そう感じられるようになったらどっぷりふみサロにハマっている証拠！（笑）

（朝日）

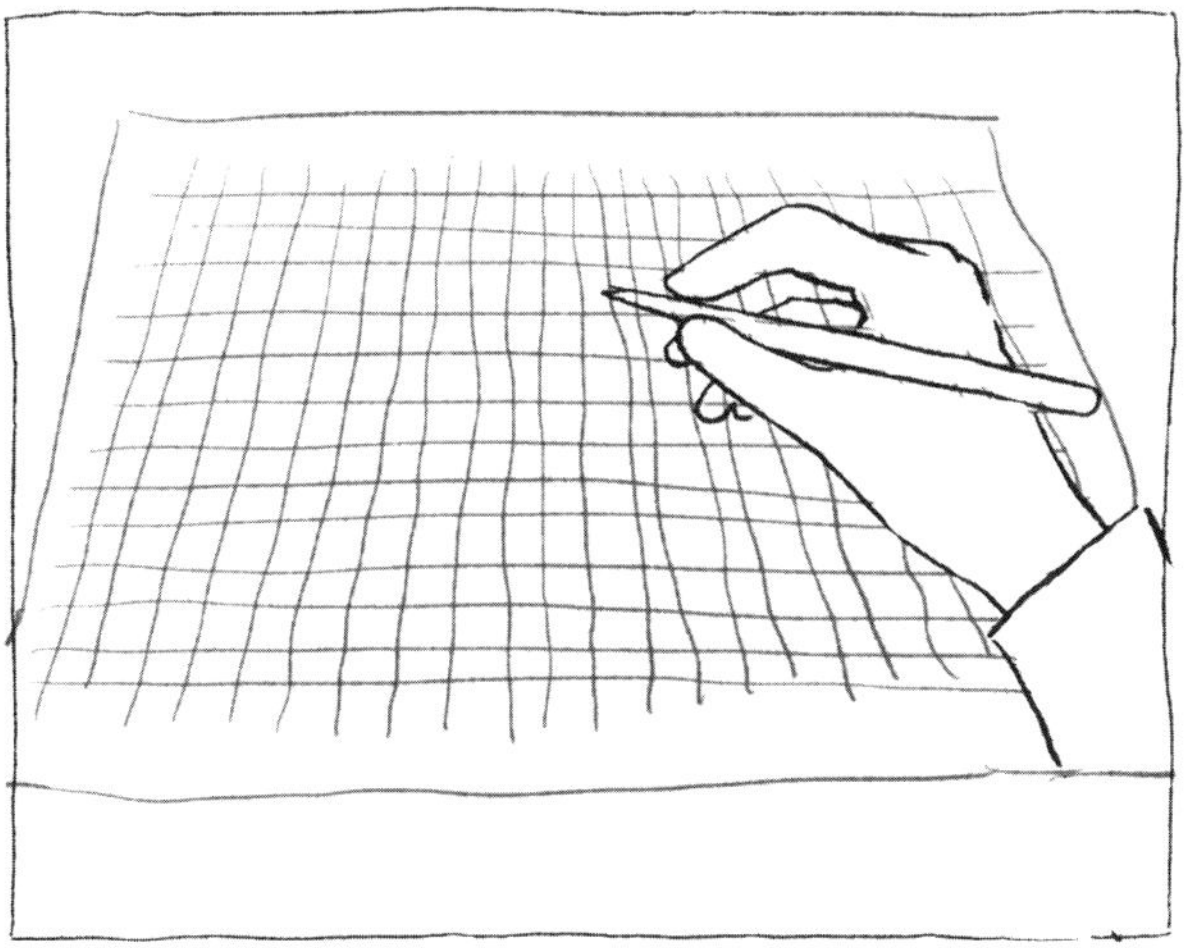

第4章 多様性の扉をあけて

ものさし

真恵原佳子

不登校や引きこもりの子どもたち、その親御さんたちが、世の中にはいろいろな「ものさし」があるということを知るだけでも、なんだか少し自由になれるのではないかと思う。「日本には一つの『ものさし』しかない」と聞いたことがある。子どもの早期教育、塾に入れて、中学受験をさせて、いい大学に入って、いいところに就職し、結婚して、マイホームを買って、安定した人生を送るのが「幸せ」だという。目の前の〝常識〟に囚われて、そのレールに乗ろうと、外れまいと必死になっている……。でも、そのレールに乗りさえすれば「幸せ」が保証されるのかな？　本当に「それが幸せ」なのかな？　もっと多様な「ものさし」があったっていいのではないかな。

息子が不登校を経て引きこもりになり、以来、家族で静かに暮らしてきた。それまで、不登校や引きこもりという言葉を自分と結び付けて考えたことはなかった。あの頃、他の子と比べていた。ちゃんと話を聞いてあげていただろうか。プラスの面よりマイナスの面を見ることの方が多かったかもしれない……。けれども今、以前の自分とはほぼ真逆の考え方を持てたように思う。少なくとも、息子の笑顔が見られるようになったし、会話が増えたのだからよかったのだ。そう思えるようになれたのは幸いだと思う。

最近思うのは、不登校や引きこもりの子どもたちにも、将来できる仕事が結構あるんじゃないかなということ。特別な才能がなくたって、好きなことを活かして、家族の関係がよく、親が子どもを応援してあげられれば、「あなたなら大丈夫」と心から信じてあげることができれば、子どもはできるんじゃないかな。大きな可能性を秘めていること、間違いなし！

「すぐれた組織に特別な才能はいらない」とP・F・ドラッガー氏は言う。「特別な才能を持った人ばかりを集める必要はなく、それよりもふつうの人たちが強みをのびのびと発揮できる組織にするほうが重要だ」と。私としては、みんなが同じものを目指さなくても、一人一人がそのままでよく、個々が集まって全体でバランスが取れて、それでいいんだよー、みたいなメッセージだと受け取った。会社の組織にとどまらず、社会全体にも言えるんじゃないかな、って。

今までの「ものさし」を捨てて、新しい「ものさし」を手に入れたり、たくさんの「ものさし」を持ってみたりしてもいいと思う。そして、他の人が別の「ものさし」を持っていることを許せる社会であって欲しい、と願う。

香りは見えない心のシールド

かもりちあき

毎朝五分、私がお香に触れるのは心にバリアを張るため。朝に五分お香を焚いて負けない心をつくって出発。それが私の平日朝のルーティンだ。毎朝五分のお香があれば朝のラッシュの電車だってこわくない。お香の香りは透明な心のシールド、目に見えない空気悪口から目と耳とそれから心を守る。

平日の朝のラッシュの電車は冷たい。口元隠す一律マスクマンたちの群れ。背を丸め雁首そろえてうつむいてスマホをいじる人たちの一心不乱さ、無言の暴力。最寄りの駅から京都まで十五分のことなのに、すり減る心が止まらない。そのあいだ、だれかが私に悪口を、言ってもいないし書いてもいない、それなのに。

朝の電車で私になにが起きていた？

チカチカ明滅する、あなたの画面がすぐ横に立つ私の視界を壊した。各駅に停車するたび混み合う車内。イヤホンをつけたあなたは我関せずで、あと一歩奥に詰めてほしいけど視線をチラともあげてはくれない。黄色い線の内側で並んで電車を待っていた。

ドアが開くと同時にあなたに無言で先を奪われました。たくさん拾った他意なき無言の悪口に心は無傷でいられない。図らずも生まれてしまう他意なき無言の悪口にあまりに人は無頓着。それは空気にとけてただよって目を閉じ耳を塞いでも口から入って心を壊した。

それは「空気悪口」だった。

お香と出合う前の私は無防備だった。心は丸裸のままで朝のラッシュの電車に乗り込みさんざん心を打ちのめされた。そんなとき初めてお香を焚いてみた。朝は時間がないから五分お香に触れてそれから電車に乗ってみた。すると気持ちが楽だった。それ以来、朝に五分欠かさずお香に触れている。香りは見えない心のシールド。空気悪さえも難なくはね返す。今朝も目の前ラッシュの電車の口元隠しスマホに釘付け一律マスクマンたちの群れ。そこに居合せ、これまで拾った他意なき無言の悪口に壊れた心で私は誓う。明日にも五分朝のお香で負けない心をつくって出発。見えない心のシールドで空気悪口から目と耳とそれから心を守ろうと。

歯のハナシ

吉田真理子

歯の話である。ステイタスの高い人ほど歯に気を使ってると聞く。確かに知り合いでも、生活水準の低い方々はことごとく歯がかけたり抜けたりしても放ったらかしで、逆に育ちが良いとか、ある程度以上の意識と収入がある方々は、毎月クリーニングをしたり、ホワイトニングしたり、定期検診受けているのは当たり前……。

お嬢様育ちの母の話。母は歯の状態が悪かったのか、しょっちゅう歯医者に行っていた。ある日は、歯をほぼ抜いて高級差し歯にしてきた。その歯の裏は金！

ある日は、前歯の歯茎をカットして、歯が長く見えるようにしてきた……。子どもの私から見ると謎な事ばかり。父曰く、高級車が口の中に入ってるんだから、歯の一本ずつに俺の名前を彫れ！　と。ちなみに今の母は、総入れ歯である。高級車はどこへ行ったのだろう……。

庶民平民な私の話。小学生の頃に治した歯に不具合が出ていたが、ずいぶん長く放置していた。奥歯の横がまあるく膨らみ、膿が溜まっている。痛みはほぼなく、あっても痛み止めを飲んで誤魔化す日々。とにかく部活が忙しく、歯医者など行ってる時間はなかった。高校三年生で後輩の試合に行った時の記念写真には、頬が腫れ変形した顔の私が写っている。

大学受験日前日。とうとう痛み止めも効かないほど痛みだし、もう「救急車呼ぶ?・」というレベルに。日も暮れた夕方だったが、親戚に歯医者がいた事を思い出した母が連絡。どうにか診てもらえる算段となり、横浜から世田谷区奥沢まで車を走らせた。診断「蜂窩織炎」。蜂の巣状に組織が化膿、炎症を起こしてる状態で切開し膿を出す処置をした。何しろ蜂の巣状に膿んでるので、大変だったらしい(本人は、痛みと麻酔でぐたっとしていてよくわからない)。

手術は夜中にまで及んだ。そして、翌日の受験。結果は言わずもがな(泣)。

どんな生活でも、歯の不具合は放置してはならないのだ!

そして今、私は過去に治した歯の修復といまさらながらの親知らずの処置で、ふたたび歯医者に通っている。ここで治しておくことで、残存歯を一本でも多くいい状態で留めようと努力しているのだ。歯の話の結末が、歯無しにならないことを願ってやまない。

だいじな命を繋ぐために

木村たかよし

そうか！　絵本でこの様な内容も伝えることができるんだ！　僕はこの絵本『だいじだいじ　どーこだ？』を見て衝撃を受けました。今まで、性教育は小学校高学年くらいから中学生くらいまでの間に習い始めるというのが一般的と思っていましたが……。もっと早くから正しく学ぶ必要があり、それは大切なことなのですね。

自分自身はどの様な性教育を受けたのだろう？　思い出すのは小学校高学年の時に、担任の先生が「今、高い声が出ている男子もこれから声変わりをして高い声は出なくなる」という様な話をされていたのを覚えています。それも性に関することでしょう。あとは中学生以降、保健体育の教科書で習ったことでしょうか。

『だいじ　だいじ　どーこだ？』にある様に、おまた、おちんちん、おしり、おむね、おくちなどはとてもだいじなところです。だいじな体は心と繋がっていますよね。おちんちん、おまた等、自分の体について見られたり、触られたり、性的な嫌がらせを受けたとしたら恥ずかしいばかりか、それよりも嫌な気持ちになり心が傷付いてしまいます。その様なことのない世の中になるためにも、性について正しい認識を持てる様に、導入の一つとしてこの絵本は役立つものだと思います。僕たち大人も、子どもへの伝え方として参考にすることができます。やはり、教えられないと分からないこともあると思うので、正しく学ぶというのは大切なことですよね。

僕は性的なことを恥ずかしいと思い、目を反らしたりしてしまいます。でも、そうではない。だいじなところがあるから命が誕生して家族ができ、さらに子孫へと繋がっていくのでしょう。自分の体や心をだいじにすることで、自分以外の人のこともだいじにできる様になると思います。真面目に考えなければならないことです。

僕は保育園に勤務しています。保育の中でも一人一人を尊重して、より良い保育ができる様にしていきたいと思います。

さよならビスコ神話

かもりちあき

子育て中のキッチンで賄われるのは三度の食事と三時のおやつ。

一年三六五日の果てなきそのルーティンに、気を遠くしながら主婦は今日もひとりキッチンに立つ。でも、時には手を抜きたくて、スーパーの惣菜売り場に行ってみる。ほうれん草の白和や、茄子の煮浸し、筑前煮、普段から気合い入らないと作れないメニューのパックを手に取って、かならず私がすることは、原材料のチェックです。うっかりそれをしないで買うと、健康志向なはずの和の惣菜たちがどれも添加物の宝庫であったりするからちょっと用心です。

主婦だって、ときには自分が作った以外の料理が無性に食べたくなります。作らないけど外食もしない。そう決めた日の夕方に足が向くのはやはり惣菜コーナーです（駆け込む先はそこしかないという理由からでももちろんあります）。いつもの倣いで原材料のチェックをすれば、あら残念、どれもほとんど添加物まみれなり……。そんなときの主婦の気持ちをなんと言ったらいいでしょう。途方に暮れてしまいます。ここがダメなら今夜のおかずはいったいどこで調達したら良いのやら。子どもの体と母の心に等しく優しい無添加惣菜。私はそれを心の底から切望します。スーパーの売り場にそれを求める私は高望みでもなんでもないと思いたい。

添加物まみれのスーパーの惣菜が、悩みの種なら、子どものおやつもまた然りです。市販の子どもの菓子を買うとき、私が必ずやることもまた、添加物のチェックです。市販の子どもの菓子というのは、惣菜に、引けを取らない添加物の宝庫なのです。

グリコの看板商品のひとつ人気の菓子「ビスコ」。キャッチフレーズは「おいしくてつよくなる」。親の私もビスコで育ったようなもの。さぞや安心安全な素材でできているのだろうと調べてみたらあら大変。十八種の原材料のうちの九つは添加物。添加物スコアはなんと「十七」で、食品の安全性の評価のレベルは「やや不安」……

そんなこんなで我が家の子育てキッチンは日々添加物に翻弄されています。叶うなら毎日子どもに無添加で優しい食事とおやつをあげたい。その安心がキッチンに立つ母の笑顔をつくってそして子どもの心を育みます。そして「さよならビスコ神話」。どこか寂しさ隠せない母の私の明けない夜はつづきます。

※参考サイト：「ビスコ――製品、食品別の添加物評価レポート」

アニメ「けいおん!」の世界で生きたい!

阿部勇二

恥ずかしいことをカミングアウトします。古き良き「ザ・昭和」を知る友人に勧められた、アニメ「けいおん!」にハマりました。五人の女子高校生が、ゼロからバンド活動を始める話ですが、バンド活動より、お茶しながらの楽しい会話が中心の内容です。私の学生時代の部活と重なり、ほのぼのした彼女たちの居場所に心が癒やされます。また、競争や忙しい現代とかけ離れた世界観に心を奪われました。

自分の子どもたちが、十三才から、プロフェッショナルを意識しないといけないなんて、可哀想だなと思います。知識社会になって、将来うまく生きることばかりにフォーカスして、何か大切なものを忘れかけていると思いませんか?

「自分がなにをやりたいか」が二の次になり、情報だけで優劣をつけて、自分の行動を判断することは悲しいことです。グーグル創業者は、インターネットの中に誰でも自由に読める図書館を作りたいという思いで、グーグルのサービスを始めたそうです。グーグルの成功は、自分のやりたいことにフォーカスしているからだと思います。

ハウツー本は、行動力欠如に貢献しているのではないかと考えたりします。好きなことだけやって、楽しかったこと。やりたいようにやって、失敗して、怒られたこと。今考えると、とても充実した学生生活でした。多くの人は、遠回りするのが嫌なのかもしれませんが、失敗を楽しむぐらいの余裕が欲しいものですね。

学生時代に映画を作ったことがあります。でも、男子校だったので女の子が不在。

「じゃ、ナンパすればいいじゃん」

いつもは、他愛もない会話ばかりで時間を過ごしていましたが、こんな時だけは突拍子もないアイデアを出す仲間が、どこか頼もしく楽しかったです。

「ナンパ？　誰がやるんや？」

「阿部に決まってるやん」

とても平和な古き良き時代「ザ・昭和」にタイムスリップしたくなります。

「けいおん！」の作品の世界のように、心がほのぼのとする居場所を見つけたいものです。

俺の強さにお前が泣いた！

横須賀しおん

俺は泣ける歌が好きだ。泣ける小説が好きだ。泣ける映画が好きだ。もちろん、ギャグ漫画やコント、お笑い、漫才なども好きだし、ユーモアのある文章や、笑える作品を書くのも好きだが……目の前に泣ける小説と笑える小説が、どちらも一冊ずつあって、その中で、どちらか一つしか選べないのだとしたら、迷わず俺は泣ける小説の方を選ぶ。それは、いったいどういう理由からなのか？

駄々をこねて泣きじゃくる子どもを時折、見かけることがある。俺の子ども時代には、考えられなかった事だ。親におねだりするなんて、考えたこともなかった。しかし、赤ちゃんの頃は俺も、とにかくよく泣いたそうだ。一方妹は、ほとんど泣く事もなく、子育ても非常にラクだったそうだ。男の赤ちゃんの方が、女の赤ちゃんよりもよく泣くという話を聞いた事はないだろうか？　泣く事に関しては性別の差などないと思うのだが、日本語の世界では男女の有り様の〝こうあってほしい〟という理想が、非常にわかりやすい形で、言葉によって表現されている。

例えば〝女々しい〟という表現（いくじがないの意、男性にしか使わない）。勇敢なという意の〝雄々しい〟という表現。狩りに出かけている時代なら、そういう表現で合っていたのかもしれない。しかし父性と母性の境目も今や、なくなりつつある。松田聖子の「赤いスイートピー」の歌詞が乙女心を描いているとして有名であるが、「どうして女心が分かるんですか？」という質問に対して、作詞家・松本隆は「男も女も同じなんですよ」と答えている。

男が泣いたって、いいじゃないか。今じゃ断然、女の方が強いのだから。子育ては女を強くするのだ。しかし「泣く女」という絵画はあるが、「泣く男」という絵画はない。ピカソが男だったからだろうが、泣く男の絵は、あまり見たいとは思わない。しかし〝泣ける映画〟の中では男だって、ふんだんに泣く。僕の家族は父も俺も弟も全員が乙女座で、〝雄々しい〟には程遠い男達が揃っていた。しかし「俺の強さに、お前が泣いた！」と唸るヒーローの言葉が、俺は一番好きだ。泣ける作品の、その涙の先には、真の強さが隠されていると信じている。第二詩集のタイトルを『ひまわりのなみだ』にしたのも、それが一番の理由であると言えるのかもしれない。

創作することの楽しさ

木村たかよし

この本『ひまわりのなみだ』から僕はとても優しさを感じました。詩の一つ一つの言葉が丁寧でさまざまな物事、感じたことを大切に表現されているのを感じました。僕も十代後半の頃、作詞に憧れたことがありました。難しく考えすぎたり、書いたものを見返した時に自分で恥ずかしくなったりで、できなかったのですが。とくに家族には見せられませんね（笑）。

今も可能なら作詞しようと考えています。この間もスマホに創作メモをしていました。僕も創作することが好きだから、この本に共感できるのです。素直な気持ちの詩に癒され、作者の幼い頃の風景が広がっている様な、そして絵が浮かんでくる様な作品もあり、どこか懐かしい気持ちになりました。何かを創作する、というのは自分が生きていることの証ですよね。

今、僕は絵本を書いているのですが、作品はすぐには完成しません。ああでもない、こうでもない、と試行錯誤しながら考えることが多いですが、その時間も夢中になり楽しくなります。「これでいいのかな？」誰かに見てもらいたいけど、ちょっと恥ずかしかったり自信が持てない時もあります。でも、自分が作ったものはやはり愛着があり、今までの人生の経験などから蓄積されて生まれた貴重なものです。「この作品を作るのにどのくらいの時間がかかりましたか？」という質問に対して、いつか聞いたことがあるのですが、例えば四十八歳の時に創作したなら、それは四十八年かかったということだと考えることができるそうです。おもしろい発想ですね。確かに生まれてから今までのさまざまな経験の結果、その作品が生まれたものと考えるとその様に言うことができるでしょうね。

話は戻りますが、この本の中に作詞、作曲とありました。横須賀さんの曲の方にも、とても興味があります。創作は苦労もあるかもしれませんが、苦労を楽しめばいいのですよね。好きなのですから。

私にとっての「新しい世界」

朝日陽子

私は子育て支援NPO法人を主宰している。運営で大切にしていることは「つながりづくり」。しかしコロナ禍による緊急事態宣言で、つながりづくりの場でもある親子が集う「つどいの広場」の閉所を余儀なくされた。

つどいの広場の利用者さんは就園前の親子がほとんど。「行きたい時に遊びに行ける」のがつどいの広場の魅力であり、ウリでもある。しかし突然閉所が決まり、行きたい時に行けるところがなくなってしまったママたち。親子だけで家で過ごす時間が必然的に多くなった。

なんとかつながれる方法を、とオンラインに活路を見い出した。

インスタグラムでスタッフの近況を伝えるとともに、「皆さんの近況も教えて」と呼びかけ、ダイレクトメッセージで近況を教えてもらったり、電話相談も受け付けたりした。「せめて顔を見て話がしたい！」とZOOMでつどいの広場を開催した。この参加者から「日頃から知っているスタッフの声を聞いているだけでもホッとできた」という感想をいただいた。声を聞いているだけでホッとできるなら、インスタライブはどうだろう？　思いついたら即行動！　スタッフ間でのテスト配信を経て、五日後ぐらいに初開催した。インスタライブは恒例となり、つどいの広場が開所できるようになった今でも、月一回のお休みの日の午後に配信している。

一旦落ち着いたかに見えるコロナ騒ぎだが、また新しい株の感染者が見つかったと毎日報道され続け、相変わらず人々の不安を煽っている。

このコロナ禍で、人と人とのつながりがどんどん分断されていっている。飲食店がやっと普通に営業できるようになった今でも「マスク会食」。会食っておしゃべりも楽しみのうちじゃないの⁉　なんてツッコミを入れたくなってしまう。

オンラインやSNSの利用が進み、つながりづくりのツールが増えたことはよかった。しかしオンラインはあくまできっかけで、そこから実際に顔を見て話をしてというリアルのつながりをどう創っていくかが問題だ。

オンラインからリアルへのつながりを創ること。それが私にとっての「新しい世界」での課題である。

障がいを隠すことって、本当に必要？

河和旦

私には重度の視覚障がいと肢体不自由の重複障がいがある。視覚障がいの程度は未熟児網膜症により右目は失明、左目にも重度の視力障がいと視野障がいがあり、日常の文字の読み書きには点字を使用している。肢体不自由障がいの程度は脳性麻痺による運動機能障がいがあり、主に左手と左足が動かしづらく、外出時には車椅子を利用し介助者を同伴している。

私たちがよく遭遇する親子関係の課題に、障がい児の親（または親戚）が、子どもの障がいを隠したがったり、障がい児者に過干渉になりやすいということがある。その理由として、「障害者は社会の迷惑」であるという社会常識がいまだにまかり通っていることや、「家族の職業上の体面」が影響しているという（原　恵美子、増田　樹郎（二〇一六）『知的障害者とその家族への支援に関する一考察（2）～知的障害者の母親の語りを通して～』より）。

私は母から、母の叔父が祖母に対して「旦が盲学校に行っていることを話すな」と言っていたと聞いたことがある。母は、障がい児が障がい児のみのコミュニティで育つと、障がい者が健常者の考えを理解できなくなると考えて私を二才から普通保育園に入れた。当然、叔父に止められようが堂々と私のことを話していた。

一方、私の全盲の後輩が、お父様の職業的な対面上、子どもの障がいを公表しがたい状況におかれていたようだ。

私は後輩から、「父に『大学の授業がないのなら、門限は午後三時だ』と言われ、友人とも遊ばせてもらえない」と聞かされた。

後輩の話を聞きながら、私は心の中でこんな風に叫んだことを覚えている。「お父さんが世間体を気にすることはかまわないが、この子（後輩）が社会で自立できなくなったらどうするの⁉」と。

私は家族が障がい者の存在を隠すことはよくないと考える。

人は、だれでも得意なことや苦手なことがある。であれば、障がい者も自分でできることや、援助が必要なことをしっかり発言してもよいはずだ。

障がい者は迷惑な存在という考えが当たり前にならないときが、早く訪れてほしいと願うばかりである。

次元について思うこと

木村たかよし

次元とは何なのか、あまり深くは考えたことがなかったです。ドラえもんの四次元ポケットくらいでしょうか？　よく、すごい人などに対して「次元が違う」と言いますが、特に次元とは何かを意識している訳ではなく、例えとして使っているのですね。でも、この様な表現で伝わるということは、僕たちは潜在的に次元というものをイメージできているのかもしれません。この本『ニュートン式超図解　最強に面白い‼　次元』を読んで思うのは数学者たちの考え方のすごさです。よくこんなに難しいことを考え、研究できるなあ、と思います。文系の僕には難しくて頭がこんがらがります。

それこそ、次元が違うのでしょう。

でも、頭で考えると難しくなりますが、四次元や、それよりさらに上の次元は実際にあると僕は思います。『次元』の本にあるように時間は四次元ですし、三次元に住む僕たちには見えないのでしょうけど、それよりもさらに上の次元もあるのではないでしょうか？　もし、そこに住んでいる人がいたとしたら、僕たちには彼らは見えませんが、彼らには僕たちのことがよく見えているのかもしれません。地球上での争いを見て「みんな家族なんだよ」と言っているかもしれません。想像ですが、もしかしたらと考えると不思議な気持ちになります。もし、高い次元の世界に行くことができたとしたら……。

どの様な風景が広がっているのかな？　楽しいのかな？　とか考えてしまいます。

また、他にもこの『次元』の本から考えることがありました。時間は目には見えません（時計は見えますが）。ということは他にもさらに見えないけれど存在しているものがあるだろう、ということです。

もし、高次元の世界のことが今後の研究で証明されたとしたら、僕たちの生活にどの様な変化をもたらすのでしょうか？　その様なことを思いました。

時代が変わっても思いは変わらない

大森奈津子

先日、私は仲間のセッションを受けていた。未来創造セッション……将来何をしたいかを見ていくセッション。どうも私は見守りたいらしい。何を？　何のために？　わからない。そこに焦点を当ててさらにセッションを深めていくことにした。

セッションを続ける。コーチの質問に私が答えていく。

私が見ていたのは、なんと数百年後の未来。私は、多くの子孫、それから私と関わった人たちの子孫を宙空より見守っている。声は出せない。だけど、その人が気付くようにヒントをあげたり、道を外れそうになった時は修正できるように、さりげなく力を貸そうとしている。

「このヒント見て」

「そっちじゃないってば」

「違う違う、それじゃダメじゃん！」

非言語でメッセージを伝える。伝われ！　と念じる。伝わったかのようにその人が動くと、ホッとする。

私と繋がりのある人はすぐわかる。金色の糸で私と繋がっているからだ。糸をたどっていけばいい。私の体から出た糸が、私の子孫や、私と関わった人たちの子孫と繋がっているから。今、頑張っている人たちは人類の最先端。私はその人たちを応援したいんだ、と思った。

「大丈夫！　私がちゃんと見守ってるから！　絶対守るから！　何があっても大丈夫‼」

懸命にメッセージを送っていた。

その時、はっと我に返った。これはセッションを通して、先祖や先人たちが私の口を使って、その人たちの思いを私に伝えているのではないか？　と思った時、鳥肌が立った。

私は見守られている！

会ったこともなく、もしかしたら存在していたことすら私が知らない先人たち。多くの先人たちの中にも、私と同じように、自分の子孫を思う先人たちもいたかもしれない。それを考えたら、温かいものが心の中に流れこんで来た気がして、心が震えた。私は見守られている……。今、この瞬間も。

いつの世も変わらない思いは、どんなに新しい時代になっても変わらないままだと、私は信じている。

コロナウイルスは、人類の幸せをリブート「再起動」した？

阿部勇二

「幸せ」についいては、意識して考えてきたつもりですが、あるとき、まだまだ自分の考えが浅いと感じました。無意識に時間効率が大事だと思い、時間さえ作れば楽しい時が増やせると思っていたことは、幻想かもと。

昔勤めていた会社には、いつも出先から、得意先の電話番号を聞いてくる先輩がいました。しかも、定時を過ぎた頃に。なので、私は意地悪をして、

「本日の営業は、終了しました」

「阿部君、こんど、一杯、おごるからさ〜」のくり返し。

風の便りで、その先輩は今も変わってないと聞きます（笑）。人の時間を大切にすることが、自分の時間を大切にしてもらう秘訣だと聞いたことがありますが、その先輩は、みんなに諦められ、大切にされているそうです。そんな生き方ができる先輩は「素敵」です。

コロナの時代になって、効率的な時間コントロールを要求されることが、さらに厳しくなりました。一瞬、懐かしい昔に戻りたいと思いますし、自分の子どもをそんなゆる〜い

時代に送り出してあげたかったです。

もしかすると、このコロナは、神様が「自分らしさ」を気付かせるチャンスを与えてくれたのかもしれない。そう感じます。高いリターンを求めて生産性を高める生き方か、ゆる～い生活で、本当の自分らしい生き方か？　どちらにするのか。選べない人がたくさんいるかもしれません。きっと、私も。「自分らしい」の代償は、未来のハッピー？　今のハッピー？　一見、技術の進化で、生きていく世界観に変化があったように思えますが、本質は違うのかもしれません。

最近、昔、好きで見ていた映画やアニメを寝る前に見ています。何も考えてなかった頃の自分にタイムスリップして、そのうちにうたた寝をしてしまうほど心地よい時間がありました。最高のご褒美になります。日中、筋肉疲労が起きるほど、脳みそを使っているわけではないと思いますが、ゆる～い時間の大切さを感じます。

親として、大人として、いろいろなチョイスがあることを多くの若い人に伝えていけたら、ハッピーになれる人が増えて、自分の子どもたちも幸せになれるような気がしてきました。

将来を守るために

木村たかよし

新型コロナウィルスが消滅する日は、いつかは来ると思います。でも僕たちは、しばらくはコロナと共生していくことになるかもしれません。コロナが流行し始めてから僕たちの生活は変わりました。マスクを着用する様になり、最初は息苦しさを感じました。それには慣れてきたのですが、ワクチン接種に関しては、僕は消極的でした。母は仕事上、すぐに打たなければならなかった様でした。個人差はもちろんあります。

母は発熱はありませんでしたが、腕に痛みが出たり、よく言われている副反応のことが不安で、少しためらっていたのです。

でも、僕も保育士をしています。子どもたちに関わる仕事をしていますので、やはり接種しました。気にしていた副反応は大丈夫そうです。思うのは、確かにワクチンを接種したら新型コロナウィルスに感染しにくくなるかもしれません。でも、それは根本的な解決策ではないのではないか、ということです。何度、落ち着いたと思っても繰り返していきます。どうしたらいいのでしょうか？　やはり、先に述べた様にコロナのことを知り、共生していくしかないのかもしれません。それがいつまで続くのかは分かりません。

『新しい世界』の本の中に感覚遮断、ロックダウンなど、外界から切り離された時の影響により、心の不調にも繋がることが書かれていました。子どもたちはどうでしょうか？僕たち大人はコロナが流行する以前の世の中を知っています。でも、生まれて間もない時から、今の様な感じの中で育つ子どもたちを思うと複雑な気持ちです。心も体も健やかに育っていける様に考えていく必要があります。

価値観を変え、地球を守っていける様に環境のことを考えていくことも大切になってくるでしょう。

そのことが、大切な家族や友達を守ることに繋がっていくのかもしれません。

BGBのススメ

かもりちあき

大人の暮らしの背景にBGMが必要なように、子どもの暮らしの背景にBGBを届けましょう。BGMは背景音楽またはバックグラウンドミュージックのこと。そこからもじったBGBは背景音読、そうバックグラウンドブックのことです。

子どもの暮らしの背景にBGBのある日常。それは一日五分でできる母のやさしい声音（こわね）の宅配。母の音読、そうそれはこの世でいちばん優しい語り。読み聞かせの適齢期はすぎたと思ったそのあとも子どもの耳にBGBを届けましょう。

「読み聞かせ」の習慣は、子どもの知性と感性を磨くものだと世間で推奨されています。そうと聞くとじっとしていられない母親は、やれ「胎教だ、知育だ」と、絵本をたっぷり買い込みます。「読み聞かせ」の五文字は魔法の言葉です。幼な子を抱えて子育て迷走中の母親たちの不安な心によく沁みます。出産をした愛知県の小牧市では、産後にファーストブックが贈られました。児童館では毎日のように読み聞かせの会があり子どもを乗せて自転車であちこち梯子をしたものでした。

ところが子どもが学校にあがって文字を習得するころには世間はもうそれほどあまり「読み聞かせ」と、うるさく推奨してきません。それに安心するかのように世の母親たちも我が子の「読み聞かせ」の適齢期はとうにすぎたと言わんばかりに、自分と子どもをヘソの緒のようにつないでいた絵本を、次第に……徐々に……さいごはパタリ……と閉じてしまってふたたび二度と開くことはもうしません。

でもそれはあまりに勿体ないことではないですか？

子どもはお母さんの声が大好きです。

一日五分のBGBで子どもの心に安心を届けてあげて親子の絆を結びましょう。子どもの耳に母の声でBGBを届けましょう。子どもの暮らしの背景にBGBのある暮らし。読み聞かせ適齢期のそのあとも、子どもの暮らしの背景に届けてあげたいBGB。それは一日五分でできる、母のやさしい声音（こわね）の宅配です。

日々の暮らしの背景にいつでも本のある暮らし。

それは、本を真ん中にしてつながる親子の丈夫なキズナの固め方。

父滅の刃のその先は……

大森奈津子

『父滅の刃』の中に良き父の四条件として次が挙げられている。
①規範を示している
②尊敬し、信頼されている
③すごい、そうなりたいと思われている
④ビジョン、理念を示している
これにぜひとももう一つ加えていただきたいことがある。

それは、利他の精神、人を思う心をもっている、である。

私の父は大正生まれで、海軍の零戦パイロットだった。フィリピンで現地の病にかかり生き延びた。私が二十才の時に他界した父は病弱で物静かだったが、存在感があった。いるだけで守られているという安心感は、いつも家族のことを考えていたからだと思う。体が弱いのに、仕事に出かける父の背中を見て、私は大人になった。私はその後ろ姿に父性を感じた。

しかし、いつの頃からか世の中は変わったと感じるようになった。『父滅の刃』にも書かれているように、今は父性が失われた世界であるという。

戦争が終わり、男が家を守る時代は終わった。女性が社会に進出し、社会でも責任を負い、子どもを育て、家を守る。そんなことも多くなってきた。男女の役割が曖昧になってきたのは、良いことなのかもしれない。しかし、それぞれ役割があったはずだ。その役割が曖昧になった今はどこで父性や母性を感じるのだろうか？

最近、あらゆることに自己責任、自己実現と言う言葉の元、人と人との関わりが薄くなっているように、私は感じることがある。確かに一人一人がしっかりと理念を持って生きていけばいいのかもしれない。でも、父性・母性は自分以外の人への思いだと私は思う。なんだか最近はそれぞれの個を大切にするあまり、人に関わろうとするのを恐れているような気がする。

私は、父性が失われた先に必要なのは、父性・母性を超越した利他の精神だと思う。

今私は、インターネット社会に新しい世界を感じている。この半年でインターネットを通して多くの仲間ができた。人とつながることで新しい可能性が増える。そして、人が少しずつ利他の精神が持てたら世界はもっと優しくなれると思うし、そういう社会にしていきたいと思っている。

昼間の星

真恵原佳子

次元を超えた空間に、じつは多くの生命が存在しているのかも⁉　と最近思ったりする。夜空を見上げれば、宇宙人の存在の可能性を否定することの方が難しいと思ってしまうからだ。星空を見ていると吸い込まれそうな不思議な感覚に陥ることがある。そこは、何万年という過去から人類の歴史を見下ろしてきた空間。同じ星空を、古代ギリシアやマヤの人々、阿倍仲麻呂も見ていただろうと思いを馳せるとき、時空を超えて繋がるというか、たまらなく不思議に思えてきて思わずじーんとしてしまうのだ。

去年の夏の終わり頃のことだったと思う。

「火の玉、見たのー！」　私は帰宅するなり興奮して家族に報告した。「えーっ！　いいな、俺も見たかった！」と、ゲームをしていた息子は顔を上げて目を輝かせた。主人は私の顔をちらりと見たが、無言で新聞に目を戻した。まったく興味がなさそうだったくせに翌日にはTwitterをチェックしたらしく、「火球を見たって人がたくさんいる」と教えてくれた。確かに、関東の各地で火の玉が目撃されていた。「小惑星の欠片か？」とニュースは伝えていた。幻じゃなかったのだ。

前の晩、私は家路を急いでいた。人気のない住宅街を歩いていると、突然十一時の方向に、ものすごく大きくて明るい、青白い丸い光が現れた。目が釘付けになった。音はまったく無く、その光はゆっくりと落ちていき、次の瞬間、辺り一面がフラッシュか雷が光ったように真っ白になった。目の前の道路も街路樹も住宅も、真昼の光の中に突然放り込まれたようだった。その後、徐々に白い色は剥がれるように消えて、もとの夜の景色に戻った。火球の方角を見上げると、小さくなった光が残っていた。思わず駆け出した。途端、忽然と消えてしまった。線香花火が燃え尽きたように……。私はしばらくその場に立ち尽くしていた。

目には見えなくても存在するものは少なくない。Wi-Fiの電波、紫外線、放射能、重力、磁力、空気、昼間の星、時の流れ、愛情だって。だから想像してみる。もしかしたら私達は宇宙のどこからか地球にやって来て、物質的な身体を借り、人として生き、肉体の寿命が尽きたらそこを離れてもとに戻っていくのかもしれない、なんて。想像するだけなら構わないだろう。地球上の全ての存在に尊敬と感謝の気持ちを持ち、共存し、自分を大切にして、好きなこと・得意なことで人の役に立ち、人生を楽しく全うできたらいいなと思う。

プロフェッショナルの壁

小林みさき

毎月出されるエッセイサロンの課題本。自らの積読本には目もくれず、届くのをワクワクしながら待つ。今月も、そそくさと注文を果たし、到着までの数日間は確かにワクワクしていたのだ。確かに……

「なにこれ？」

見るからに本に違いないのに、相方が放った一言で、テンションがガタ落ちしながらも、バリバリと本を取り出す。

バリバリとはなんとも下品な開け方である。だがハサミは探さなければならないし、カッターを見つけるのはさらにハードルが高い。包みはどうせゴミにするのだから、バリバリで構わない。

美しい包装とは、ハサミなど必要なく、リボンのたれを引いたらヒラリとほどけ、包装紙もハラリと剥がれ落ちるものだ。

テープでがんじがらめなのはいただけない。まぁ、なんとかパックで送られてくるものだから致し方ないが。しかし、必要最低限にしてもらいたいものだ。贈り物じゃないのだから簡易包装で十分なのだ。

さて、どうでも良いことをつらつらと並べたて、肝心の本題には一体いつになったら入るのかと気を揉ませているとすれば申し訳ない。そうなのだ。まったくもって申し訳ないのだ。

ワクワクして課題本の到着を待っていたはずなのに、一ページも開いていないのだ。課題を放棄したわけでも、本を失くしたわけでもない。どうにもこうにも、一ページも開きたくないのだ。

私は、文章を書く時に、起承転結も結起承転も考えていない。ただただ、潜在意識が放り出してくる言葉を文字に変換しているだけだ。だから、書ける時は簡単に書けるが、書けない時は書けない。どんなに調子が悪くても、一定水準以上の文章を繰り出せなくては文章書きのプロフェッショナルには程遠い。

今回の課題も同じだ。どんなに気が乗らなくても、たとえ心が拒絶をしても、課題本のページを開き、目を通し、エッセイを書き上げねばプロではない。

「おい、顕在意識の君、そんなんで、一生書き続けられる著者になろうなんて、万が一にも夢見ちゃいないだろうね」と心だか脳みそだか、どこにいるのか分かりもしない潜在意識殿にどつかれた気がした。

【コラム】多様性はふみサロで学んだ

同じ職場に通い、同じ人と会う毎日を送ると、どうしてもマンネリになりがちだ。だが、月に一度行われるふみサロは、毎月何らかの刺激を与えてくれる。

ふみサロのメンバーの顔触れは多種多様である。フィットネスの専門家、カウンセラー、会社員、詩人、視覚障がい者のためのＩＴの先生、ＮＰＯ法人の代表理事、スコーン専門店の代表などなど……。これほどさまざまな職業、団体に属する人たちが一堂に会する機会はなかなかない。

ここではメンバーの作品の講評を任される。その結果、メンバーの人生に向き合わざるを得ないこととなる。そこにある人生は実に多様性に富んでいる。考え方も価値観も人それぞれで、何それ？　と思うこともある。だが、その人にとっては、それが正解なのである。そして、ここで得た経験は普段の生活にも変化をもたらす。考え方の異なる人に遭遇しても、こんな考え方もあるのか、と寛容になれるのだ。

まずは違いを認めることから。私たちはふみサロでそれを学ぶことができる。

（今村）

プロフィール（著者一覧）

朝日陽子（あさひ　ようこ）ふみサロエッセイ集編集委員

結婚を機に東京から大阪へ。結婚後一年で長女、年子で次女が生まれ、虐待のグレーゾーンを経験。その経験が原点となり、十数年一緒に子育てしてきた仲間と共に子育て支援のNPO法人えーるを設立。現在代表理事を務める傍ら、一般社団法人発育発達アソシエイト発育発達トレーナー®学習発達ティーチャー®キャリアマナーコーチ®として子どもの育ちをサポートする活動や講座の開催なども行っている。二〇〇九年『うちの子よその子みんなの子』（ミネルヴァ書房）二〇二一年『24色のエッセイ』ともに共著出版。

「発育発達トレーナー®朝日＠子育て支援NPO法人えーる」

https://ameblo.jp/akapenguin/

阿部勇二（あべ　ゆうじ）

「Twitter コンサルタント・活用トレーナー」。電気回路設計者を経て、経理マンに転身。二十五年以上前から、経理業務の傍ら、ITスキルを磨く。三十七年以上前から大好きなPCのスキルを生かし、会社六社のIT環境設計に携わる。企業で学んだITスキルで、Twitter とブログで情報発信し、Twitter のフォロワーが約三万に。ツイートすれば、いいねは数十分で五十以上、平均すると百以上に、平均表示回数は数千回以上にのぼる。Twitter の活用セミナー（月一回）、コンサルを行う。二〇二一年『24色のエッセイ』共著出版。

「阿部勇二@コーヒーで映画をビタミンにする人」

https://twitter.com/vaio0805

今村公俊（いまむら　きみとし）ふみサロエッセイ集編集委員

大正大学文学部英文学コースを卒業後、約二十五年間印刷会社に勤める。その後、一念発起して介護士に。ユニットリーダーとして、部下がのびのびと仕事できるようフォローに徹する。温厚な人柄もあって、この仕事は天職かと思ったほど。現在は一企業の会社員。前回のエッセイ集『24色のエッセイ』では本のPRのためラジオ出演を果たす。座右の銘は「Carpe diem（カルペディエム）」（ラテン語で〝今という時を大切に使え〟）。二〇二一年『24色のエッセイ』共著出版。

「むーのブログ」https://ameblo.jp/3201kys/

梅田とも（うめだ　とも）

やんちゃな一人息子の子育てに励むシングルマザー。もともと研究職を目指していたが、挫折し、自暴自棄に。出産を機に、捨て鉢な生き方を改め、離婚を決意。子育てに喜びを感じるも、喪失感から抜け出せずにいた。あるとき、添田衣織氏の親子留学との出会いをきっかけに、ブログ上で、ふたたび自らの思考を表現し始める。子育てのモヤモヤを、哲学的な視点から、「ありがとう」に変える文章を書いている。特技は、だるまさんころんだ。

「わたくし研究室」https://auf-heben.net

大森奈津子（おおもり　なつこ）

元公立小学校教員。二〇一一年にパーキンソン病を発病、二〇一四年三月に病状進行のため天職と思っていた教員を退職。その後、人間関係の生きづらさを感じるようになり、自律神経が乱れ、一年で救急車に乗ること十数回。今は、自分を整えられるようになり、その経験を生かして、心理学講座の開催、個別相談、など活動している。現在、ジャパンストレスクリアア・プロフェショナル協会トレーナー。『鬼滅の刃』の大ファンでもある。二〇二一年『24色のエッセイ』共著出版。

「心のノイズとトラウマを二つの質問で解決する！『悩める心の救済カウンセラー』大森奈津子」https://ameblo.jp/miyakodori2020

かもりちあき

滋賀県大津市琵琶湖畔在住。一日五分のお香で心を整える香運アドバイザー。日本のお香が好きでお香を学ぶ四十代の子育て主婦。一九七八年二月十九日 愛知県生まれ。高岡短期大学・産業造形学科漆工芸専攻卒業。京都芸術大学通信教育部・芸術学科卒業。主な活動・お香ブロガー・お香YouTuber・お香クラフト作家。二〇二一年よりお香エッセイスト、お香小説家として新たな活動もスタート。二〇二一年『24色のエッセイ』共著出版。

「お香で香運ハピネスライフ」https://one-person-rebirth.com

河和旦（かわ　ただし）

視覚と肢体不自由を持つIT指導者。二〇〇九年三月、首都大学東京（現：東京都立大学）都市教養学部　社会福祉学教室を卒業。一般の中学、高校、大

学で学んだ際、補助具としてIT機器の活用が役立った。その経験から、視覚障がい者向けにIT機器の販売、操作指導、サポート業務を行う株式会社ふくろうアシストを設立。全盲の方にオフィスソフトの講習を行い転職につながった実績や、全盲の小学生が三か月でスマートフォンの電話やメールを駆使してご家族と連絡できるようになったなどの実績がある。二〇二一年『24色のエッセイ』共著出版。

「河和 旦のふくろうトーク」 https://ameblo.jp/kawa-tadashi

木村たかよし（きむら　たかよし）

保育士をしながら、絵本を描いています。二〇一九年『ふわふわちゃんのさがしもの』（ニコモ）出版。これからも、親子で楽しめる絵本を描いていきます。趣味はギターで、最近は作曲もしています。絵本作品の歌を作っています。

https://www.instagram.com/tkimura55/

小林みさき（こばやし　みさき）

北海道岩見沢市在住。二〇一〇年に菓子製造業「Sweets GUPPY」を開業。焼

き菓子とパンの製造販売を始める。ピアノ教室、学習塾、料理教室など多種にわたるおうち起業の経験から、二〇二一年おうちではじめる仕事アドバイザーとして活動開始。百歳現役エッセイストを目指す61歳。
https://www.facebook.com/misaki.kobayashi.986

ｋｏｋｋｏ（こっこ）ふみサロエッセイ集編集長

夫と共に飲食店を経営しながら二〇一〇年よりメンタルセラピストとして活動を開始。現在ハート・カウンセラーとして女性が幸せに生きるヒントを提供するためのさまざまな講座やイベントなどを開催。また、「幸せな生き方」を学ぶ場としての会員制のオンラインサイト運営中。二〇一二年『天使が我が家にいるらしい』二〇一五年『親毒—なぜこんなに生きづらいのか』（共にコスモ21）二〇一九年『幸せの探し方』（デザインエッグ）出版。二〇二一年『24色のエッセイ』共著出版。

「ハート・カウンセラーｋｏｋｋｏの幸せの探し方」

https://happy-kokko1103.jimdofree.com/

つるたえみこ

一般社団法人日本支援助言士協会会長。アドラー心理学研究三十五年、DV・離婚・親子問題カウンセリング実績三千人以上。現在は多くのコミュニティカウンセラーを養成輩出している。地域ボランティアも育成し、幼稚園での子育て相談や、専門学校でのアドラー心理学講師などもしている。「女性が輝いて生きる」をテーマに講演活動する。二〇二〇年『アドラーに救われた女性たち』（みらいパブリッシング）を出版。多くの女性たちに勇気を与えている。二〇二一年『24色のエッセイ』共著出版。

「日本支援助言士協会」https://www.sienjogensi.org

羽木桂子（はぎ　けいこ）ふみサロエッセイ集編集委員

旅行会社、輸入会社勤務を経て、フリーランスへ。自身のブログ「小学生からの国際教育Cafe」を運営し、コーチング、インターナショナルスクールや親子留学等の教育相談を提供している。ライターとして国際教育関係のサイトでコラム連載や海外大学の紹介記事を執筆中。その他、輸入コンサルタント、Webサイトのディレクションや PR にも関わり、好奇心を仕事につなげながら、さまざまな活動をしている。二〇二一年『24色のエッセイ』共著出版。

「小学生からの国際教育Cafe」https://bluebooby.net/

瓶子かずみ（へいし　かずみ）

一九九六年、川崎市立商業高等学校卒業（現：川崎市立幸高等学校）。二〇〇六年十月二十三日、とある駅で「うつ病」を発症。二〇一一年、「世界一マインド」伝承者・後藤勇人氏主催の「横内塾」の受講を機にうつ病にならなければ絶対縁がないであろう著者や社長等との人脈ができた。以降、後藤勇人氏のアドバイスのもと、「ストレスはコントロールすることができる！」を広く伝えるべく「ストレスフリーライフプロジェクト」の立ち上げを準備している。二〇二一年『24色のエッセイ』共著出版。

「瓶子かずみのストレスフリーライフプロジェクト」

https://ameblo.jp/kazuenigma/

真恵原 佳子（まえはら　よしこ）

オーガニック好きの主婦。エシカル・コンシェルジュの資格を持つ。海外在住五年、十五ヶ国以上訪れる。もともと都内で会社員をしていたが退職、日本語教師になる。その後病気になり二度の入院、鬱を経験。不登校&引きこもりがちな子どもと共に、今を大切にして、自分らしい日々を楽しむことを心掛けている。現在は、地球上の生きものの幸せな共存に繋がる出版を目指してエッセイに取り組む。好きなことは鳥と雲と星を見ること。二〇二一年『24色のエッセイ』共著出版。

横須賀しおん（よこすか　しおん）

詩人、作詞家、著述家、魂が震える音魂の仕掛人。『書かない人の為の人生を変える詩の寺子屋』主催者。二〇一九年『いつだってアイはあのころのまま』二〇二一年『ひまわりのなみだ』二〇二三年『イシコイ』（インプレスR&D）二〇二一年六月『24色のエッセイ』共著出版。あいうえお五十音ことはかるたプロジェクト参加。ストーリー提案型ライターとしても活動中（お仕事の依頼はメールにて受付中！）

https://knoow.jp/@/yokosukashion

吉田真理子（よしだ　まりこ）

シニアフィットネスの専門家＆フィットネス作家。一九九七年フィットネス誌で『インストラクター物語』（ハートフィールド・アソシエイツ）をペンネームで連載開始（二〇〇四年単行本化）。日本で唯一、現役インストラクターによる物語として、二十六年超の現在も出版元、掲載誌を変遷し継続中。二〇一七年『ずぼらさん、ぐうたらさんでもできる　朝一分夜一分軽・楽すとれっち』（ベースボール・マガジン社）を本名で上梓。二〇一九年オタク全開エッセイ執筆進撃開始！　二〇二一年『24色のエッセイ』共著出版。

「吉田真理子情報」　https://knoow.jp/@/yoshidahatamariko

おわりに

城村典子

やりたいことをどれだけできるか。

十六人によるこのエッセイ集。ここまでお読みいただき本当にありがたい。

人は、変化する。前向きに言えば、成長する生き物である。

子どもの時には、転べば泣く。公園から帰らなくてはならなければ、「もっと遊びたいのに！」と泣く。でも、状況がわかってくれれば、明日も公園で遊べる、家に帰ってご飯を食べた方が楽しいとなり、ききわけのいい子どもになる。

「叱られるからやめる」ではなく『こう行動する方が、より良くなる』という選択で、ききわけが良くなることが理想だ。色々なことを学び、学習して、できることが増えていく。

そんなことの繰り返しで、いまだに私は、一週間前の私も、「こんなこともわかっていなかったのか」と、厚顔無恥＋無知を感じる。

そんな厚顔無恥な私に対して、世間は優しいというのもいつも感じる。

とりあえず、世間につまはじきにされることなく（されていてもわかってない？）よく容認してくれていたなあと。

これ以上の傍若無人はリスクを拡大するというボーダーがあって、もしかしたら、ぎりぎり崖っぷちで、「無知」に気づける才能が自分にはあるのかもしれない。

いずれにしろ、恩返しをしなければならない。

このエッセイ塾も、「あとがき」を書くことになって、いろいろ気づきがあった。思えば、多くの私の「欲望」が込められていて、整理するとこんなことになる。
その一　本との付き合いは、読むだけではない。本から感じる付き合いがあることを知ってほしい。
その二　文章の上達には、表現したい欲望に着火させてから技術を学んでほしい。
その三　自分の価値観を大事にする、他者の価値観を大事にする社会にしたい。
その四　表現を高めること。理解することで豊かな社会を形成する。
その五　自分を高める、世界とつながる、向上することを諦めないでいてほしい。
その一　編集者は本を「捉える」。読まずに、どういう本かを把握している。そんな本の捉え方、把握の仕方を、もっと多くの人にもしてもらいたい。気軽に本と接して、本からもらえるものをもらってほしい。だから、このエッセイ塾の毎月の課題は、「本からインスパイアされたテーマ」となっている。

その二　多くの文章教室で、萎縮して書けない生徒を見てつくづくもったいないと感じてきた。その思いの反動。

その三　人なんてみんな違う。「普通、向こうから挨拶するよね〜」とか、「普通、ここではこんなことしない」と他人に文句を言うが、普通ってなんだという社会でしょう。そんな、違うことをチェックしてたら、生きにくくてしょうがない。（私が生きにくいのが嫌）。もっと、他者の価値観にも寛容になりませんか？　という私の願い。

その四　違うことが他者に迷惑なのは、当の本人に自覚がないから。当人がもっと自分の個性を承知し、表現にまで高めたら、それは才能である。

その五　人間は、社会的動物であることは免れられない。他人は煩わしい。けれど、感動をもらえるのも人と分かち合うから。人間のこのややこしさ、サガを乗り越えるには、向上の喜びを共有するしかない。と私は思う。

という、私のまさしくコテコテの、よくいえば「信条」、別の言葉で言えば「欲望」がたっぷり詰まったエッセイ塾。塾に参加してくれているメンバーに大感謝であることはもちろん、このエッセイ集をお読みいただいていることに私が格別に感謝したくなるのはこんな理由からなのだ。

四年目になるこのエッセイ塾の、二冊目のエッセイ集。こんなハイピッチな刊行も私のわがままから。恩返しのつもりが、結局、やりたいことをやっているの連鎖。そんな楽しいふみサロに、一緒に巻き込まれてみませんか？

人生を変える文章塾「ふみサロ」のご案内

城村典子先生が塾長を務める文章サロン「ふみサロ」では、毎月一回講評会が行われます。提示された課題本からインスパイアされたエッセイを書きます。

ふみサロで毎月エッセイを書いていくと、みるみるうちに文章が上達していきます。その秘訣は、ふみサロのメンバーからのフィードバック、塾長である城村先生、ふみサロのプロデューサー後藤先生の的確な講評にあります。また文章講座も毎月開かれており、そうして回を重ねるごとに文章が磨かれていきます。

エッセイ最大の材料は、自分の出来事です。自分の感覚、自分の感性、自分の考え方、好き嫌い、を書きます。だから自分が「何を感じているか」をとらえることが大事になります。自分が何を考えているのかを突き詰め、心の声に耳を傾けていくことで、自分自身のことを知るようになります。そして、ありのままの自分をさらけ出すことで、それが自分流の文体となります。だから人の心を打つ文章は自分の中にあり、そこにフォーカスすること、掘り起こすことで、自分らしさを表現できるようになっていきます。

必ずしも整った文章が人の心を動かすわけではない。技術の向上を求めるだけでもダメです。目指すのはその人らしい文章です。その人にしか書けない表現があります。アナウンサーが正しい話し方をしていても、心が動くとは限りません。つたない文章であっても心が揺さぶられることもあるのです。

自分のことを本当に知ろうとしたら一生かかるし、一生わからないかもしれません。けれども、メンバーの多くはあなたが知らないあなたを知っているのです。また、他の人との「違い」を知ることで「輪郭」を作り、そうやって自分を知る。そうしてエッセイが生まれていきます。自分らしさを伝える文章力を磨く場、それがふみサロなのです。

メンバーとともに、人生を変える文章と冒険の旅に、あなたも今こそ旅立ってみませんか？

ふみサロ！　SNSで人気が出る文章の書き方サロン！↓

エッセイのもとになった、課題本一覧

『なつのおと みつけた』作・絵 みやじまみほこ 文 たにいくお／みらいパブリッシング
（二〇二〇年二月 課題本）
＊鉄道の音と私 （河和旦）

『もっとヘンな名湯』岩本薫著／みらいパブリッシング（二〇二〇年四月 課題本）
＊もっとバリアフリーな施設作りを （河和旦）
＊ほくそ笑むヲタク論 （吉田真理子）

『ネイティブの〝こども英語〟で通じる英会話』甲斐ナオミ著／あさ出版（二〇二〇年五月 課題本）
＊複雑な我が夫婦と英会話 （つるたえみこ）

『歯周病はすぐに治しなさい！――口腔から老化と心臓・腸・脳の大病がはじまる！』森永宏喜著／さくら舎
（二〇二〇年六月 課題本）
＊歯のハナシ （吉田真理子）
＊或る男の後悔 （瓶子かずみ）

『父滅の刃 消えた父親はどこへ アニメ・映画の心理分析』樺沢紫苑著／みらいパブリッシング
（二〇二〇年八月 課題本）
＊父滅の刃のその先は…… （大森奈津子）

「バンクシー」をテーマとして
（二〇二〇年十月 課題）

＊あの日、怒り続けたけれど……　（朝日陽子）

『自衛隊防災ＢＯＯＫ』マガジンハウス（二〇二〇年十一月　課題本）
＊家族とマーチング　（今村公俊）
＊私の責務は……　（大森奈津子）

『アドラーに救われた女性たち』つるたえみこ著／みらいパブリッシング（二〇二〇年十二月　課題本）
＊同じように育てたつもりでも……　（朝日陽子）
＊障がいを隠すことって、本当に必要？　（河和旦）

『最後の秘境　東京藝大―天才たちのカオスな日常―』二宮敦人著／新潮社（二〇二一年一月　課題本）
＊異世界を面白がるのに必要なのは、まず自分の世界があること　（ｋｏｋｋｏ）
＊世界とつながる　（今村公俊）
＊芸大ロスという病　（かもりちあき）

『子供と一緒に飛び発とう！親子留学のすすめ』添田衣織著／みらいパブリッシング（二〇二一年二月　課題本）
＊高校受験は恋愛のようだ、僕はあの高校に恋してるみたい　（ｋｏｋｋｏ）
＊盲学校から一般の高校に飛び立った私　（河和旦）
＊人生で必要な事はすべて図書館留学から学んだ　（横須賀しおん）

『幸せの探し方「ありがとう」の言葉でつくる幸せな毎日』ｋｏｋｋｏ著／デザインエッグ（二〇二一年二月　課題本）
＊「ありがとう」という魔法の言葉　（小林みさき）

『楽しく学べる「知財」入門』稲穂健市著／講談社（二〇二一年三月　課題本）

＊「著作権？」何それ美味しいの？（瓶子かずみ）

『怖がりさんほど成功する自宅起業』根本好美著／みらいパブリッシング（二〇二一年四月　課題本）
＊怖がりさんのトリセツ（羽木桂子）
＊静かなる戦い（瓶子かずみ）

『ようこそ！　子育てキッチンへ　子どもがのびのび自立する 2歳からの子育てレシピ』村上三保子著／みらいパブリッシング（二〇二一年四月 課題本）
＊結果にフォーカスって、まるで会社です！（阿部勇二）
＊家族のような友人（今村公俊）
＊家事はマインドフルネス（つるたえみこ）
＊さよならビスコ神話（かもりちあき）
＊吉田家の食卓（吉田真理子）
＊お味噌汁と台所（真恵原佳子）

『怖い絵　泣く女篇』中野京子著／角川文庫（二〇二一年五月　課題本）
＊光と闇は表裏一体（ｋｏｋｋｏ）
＊家族に連れられていったモナ・リザ（今村公俊）
＊怖い絵（つるたえみこ）
＊俺の強さにお前が泣いた！（横須賀しおん）
＊私の人生を変えた目線（大森奈津子）

『24色のエッセイ　人生を変える文章塾「ふみサロ」の奇跡』

ふみサロエッセイ集制作委員会／みらいパブリッシング（二〇二一年六月　課題本）
＊息子と入れ歯　（梅田とも）
＊できる子に育てたければ、子どもに勉強は教えるな！　（横須賀しおん）

『文豪たちの悪口本』彩図社文芸部／彩図社（二〇二一年七月　課題本）
＊悪口は言っていい。言ったほうがいい　（朝日陽子）
＊親がなきゃ、子どもはもっと……　（ｋｏｋｋｏ）
＊空気のつたえる悪口　（つるたえみこ）
＊香りは見えない心のシールド　（かもりちあき）

『ニュートン式超図解　最強に面白い!!　次元』ニュートンプレス（二〇二一年八月　課題本）
＊次元について思うこと　（木村たかよし）
＊ことばの次元、ぼくの因縁　（横須賀しおん）
＊昼間の星　（真恵原佳子）

『ひまわりのなみだ』横須賀しおん著／NextPublishing Authors Press（二〇二一年九月　課題本）
＊創作することの楽しさ　（木村たかよし）

『だいじ　だいじ　どーこだ？』遠見才希子著　川端瑞丸イラスト／大泉書店（二〇二一年十月　課題本）
＊お祖父ちゃんへまっしぐらも、性教育の通過点？　（阿部勇二）
＊だいじだいじなーんだ？　（梅田とも）
＊だいじな命を繋ぐために　（木村たかよし）
＊だいじだいじどーこだ？　（小林みさき）

＊大人になるあなたへ、いつか伝えたい話　（羽木桂子）
＊さあ、孫は誰が見せる？　（瓶子かずみ）
＊ＢＧＢのススメ　（かもりちあき）

『13歳から分かる！　プロフェショナルの条件　ドラッカー　成果を上げるレッスン』
藤屋伸二著　大西洋イラスト／日本図書センター（二〇二一年十一月　課題本）
＊アニメ「けいおん！」の世界で生きたい！　（阿部勇二）
＊かたまりにできる時間　（梅田とも）
＊あの頃、こんな本があったなら　（小林みさき）
＊ものさし　（真恵原佳子）
＊プロフェショナル家族　（吉田真理子）

『新しい世界　世界の賢人16人が語る未来』クーリエ・ジャポン／講談社（二〇二一年十二月　課題本）
＊私にとっての「新しい世界」　（朝日陽子）
＊コロナウイルスは、人類の幸せをリブート「再起動」した？　（阿部勇二）
＊無能力主義の光　（梅田とも）
＊時代が変わっても思いは変わらない　（大森奈津子）
＊将来を守るために　（木村たかよし）
＊プロフェショナルの壁　（小林みさき）
＊正解のない世界の進み方　（羽木桂子）

『空のふしぎがすべてわかる！すごすぎる天気の図鑑』荒木健太郎著／KADOKAWA（二〇二二年一月　課題本）
＊空はいつもそこにある　（羽木桂子）

「ふみサロ」プロデューサー兼ゲスト講師

後藤勇人《ごとうはやと》

女性を輝くダイヤモンドに変える！「女性起業ブランディング専門家」。国内のみならず海外にもクライアントを持つ人気。グレコのギターで有名な世界一のギター会社フジゲン創業者、横内祐一郎氏をブランディングプロデュースする実績を持つ。2019年にはミス・グランド・ジャパンのキャリアアドバイザーを勤める。ヘアサロン・日焼けサロン・不動産賃貸会社を経営する経営者でもあり、著書を12冊もつ。『結果を出し続ける人が夜やること』・『結果を出し続ける人が朝やること』などベストセラー多数。城村氏とは著者・編集者としての交流。「ふみサロ」のプロデュースをスタートする。

「ふみサロ」塾長

城村典子《じょうむらふみこ》

書籍編集者 / 青山学院大学非常勤講師（出版ジャーナリズム）講談社、角川学芸出版などの出版社に勤務した後、2012年に独立。書籍編集、角川フォレストレーベル立ち上げと編集長などの業務のほか、事業部の立ち上げ、出版社創設など、出版事業全般に渡る業務を30年経験。2014年に株式会社Jディスカヴァー設立。出版セミナー、勉強会などをスタート。毎月セミナー等のイベントを開催。2009年、2013年、世界旅行クルーズ船内で「自分史エッセイ」講座を行う。2019年7月リブリオエッセイの塾「ふみサロ」をスタート。

ふみサロエッセイ集制作編集委員（第2期）

kokko（編集長）　朝日陽子　今村公俊　羽木桂子

本《ほん》から生《う》まれたエッセイの本《ほん》

2023年1月30日　初版第1刷

著　者　ふみサロエッセイ集制作委員会

発行人　松崎義行

発　行　みらいパブリッシング

〒166-0003 東京都杉並区高円寺南4-26-12 福丸ビル6F
TEL 03-5913-8611　FAX 03-5913-8011
https://miraipub.jp　MAIL info@miraipub.jp

企画協力　Jディスカヴァー

編　集　弘保悠湖

イラスト　パン

ブックデザイン　洪十六

発　売　星雲社（共同出版社・流通責任出版社）

〒112-0005 東京都文京区水道1-3-30
TEL 03-3868-3275　FAX 03-3868-6588

印刷・製本　株式会社上野印刷所

ISBN978-4-434-31461-2 C0095